FLORES INVISÍVEIS

Valéria Midena

FLORES INVISÍVEIS

Ilustrações ANTÔNIA PERRONE

1ª edição, *maio de 2022, São Paulo*

LARANJA ● ORIGINAL

para Joana, Antônia e Isaac

Existirmos, a que será que se destina?
CAETANO VELOSO

Índice

11 • *Prefácio* / RONALDO BRESSANE

19 • Rosa
21 • Roda-gigante
22 • A vida que se vive
24 • O livro dos retratos
27 • O tempo de cada dia
29 • A letra e o cansaço
31 • A cabeça da gente
33 • Aos pedaços
36 • Santo Antônio
40 • Camarão na moranga
43 • Fé
46 • O paletó xadrez
48 • Deus é amor
52 • O homem da família
57 • Pai herói
61 • Diz que diz
65 • Desencanto
69 • Faxineira
71 • A cria
75 • O ruído das panelas
79 • Chico
83 • A primeira vez
87 • Padrim
88 • Vapor barato
91 • A virada

93 • Galo de briga
97 • O que se foi
98 • Na praia
101 • Reza
102 • Hierarquia
106 • *(Carta)*
109 • Fissura
111 • Construção
115 • Sem volta
117 • Por um fio
118 • Na carreira
121 • Abandono
123 • Breu
127 • Essas mães
130 • Deuzeles
131 • Capital
134 • Na ladeira
137 • Zebedeu
139 • Ajudinha
140 • Quebra-cabeça
143 • Jogo armado
146 • A sete chaves
149 • Descoberto
153 • Agonia

Prefácio

Até chegar ao impactante final de *Flores invisíveis*, o leitor pressente o tempo todo que algo não vai acabar bem. Valéria Midena é implacável ao condensar, neste livro pequeno porém potente, os entraves que uma pessoa recebe ao longo da vida para garantir uma migalha de felicidade. Basicamente pouca instrução, muito Evangelho, desigualdade e exploração, os males do Brasil são. O título alude a essas flores humanas que mal nascem e já são pisadas, se tornam parte da paisagem, confundidas com a erva brava que come a terra – existências que tinham tanto a oferecer, mas que, desapropriadas de sentido, desaparecem na massa anônima.

A tragédia se anuncia na pequena cidade de Curvelo, coração do cerrado mineiro, bem perto de onde Guimarães Rosa nasceu, Cordisburgo. Mas este Curvelo é mais aparentado à prosa de outro escritor mineiro, Luiz Ruffato, principalmente na linguagem colada ao naturalismo de livros como *Eles eram tantos cavalos*. Midena observa seus personagens com compaixão mas também frieza, não só no registro direto de falares, gírias e dialetos – do interior de Minas Gerais ao centro de São Paulo – mas sobretudo naquilo que os personagens não falam.

Sua terceira pessoa, focada no discurso indireto livre, preocupa-se mais em dar voz ao outro do que em formular juízos. Assim, a linguagem adere-se tanto à reprodução do modo de falar dos personagens quanto à invisibilidade de sua consciência. Daí o uso sagaz de capítulos curtos para impulsionar a narrativa – com vivacidade e leveza – na direção do beco sem saída que é o desfecho. Faz lembrar o rato da fábula de Kafka: "O mundo torna-se a cada dia mais estreito. A princípio era tão vasto que me dava medo, eu continuava correndo e me sentia feliz com o fato de que finalmente via à distância, à direita e à esquerda, as paredes, mas essas longas paredes convergem tão depressa uma para a outra que já estou no último quarto e lá no canto fica a ratoeira para a qual eu corro".

Neste romance, as paredes kafkianas são a miséria natal em Curvelo, a gravidez precoce de Rosa, o alcoolismo do marido Zé Pedro, a ilusão do progresso na cidade grande, a anestesia da religião e da comunicação em massa, a desfaçatez e a ganância dos patrões de Rosa, os biscates e o tráfico de drogas como um escape fácil para Chico. "Você só precisa mudar de direção", disse o gato de Kafka, antes de devorar o rato emparedado entre labirinto e ratoeira. Mas como mudar de direção? Existirmos, a que será que se destina? – pergunta Caetano na epígrafe. O ritmo pulsante do livro amarra a narrativa aos poucos, aos trancos e barrancos, aos fiapos, emulando a falta de sentido que Rosa vê na própria vida. Uma existência feita de repetições, interrompidas pela súbita convulsão da violência – talvez o único instante em que as identidades se cristalizam em um "real". Se a história do Brasil é uma narrativa constituída de opressões e massacres, a memória da personagem representa esses choques brutais, esburacando a consciência em um presente perpétuo, sem uma direção significativa, sem um conteúdo que não seja mais do que aquele grudado à luta pela sobrevivência.

"Tem dias que a vida da gente não vai pra trás nem pra frente", diz Rosa a dada altura. De fato: tudo somado, os dias de Rosa não vão nem para a frente – no sentido de um ideal, de um sonho, da construção de um futuro imaginado –, nem para trás – na compreensão do próprio passado, na explicação da própria identidade. Formada pela ação incessante do trabalho reificado, é como se ela se invisibilizasse a si própria. Rosa é uma máquina só de corpo. Os buracos em sua existência vão se acumulando e se tornando um grande vazio – e a ponte entre a vida de Rosa e seu filho Chico, tão sonhada, torna-se uma miragem. Longe da mãe, o filho se torna um estranho, e assim o trabalho sem sentido rói todo resquício de afeto. A memória de Rosa é feita de buracos, "os melhores pedaços lhe faltando, todos levados pela vida".

A azáfama da limpeza e do cuidado de um lar que não é o seu, no trabalho invisível da empregada doméstica, da faxineira, da diarista que vai morar na capital para tirar o sustento, enviado para pagar o custo da vida do filho Chico, que ficou morando no interior, vai aos poucos apagando a própria identidade de Rosa. Seu rosto some debaixo do detergente; as mãos são roídas pela água sanitária. A cena em que Rosa é esmagada pelo povo durante uma greve de ônibus demonstra exemplarmente o processo de coisificação a que são submetidos tais pequenos personagens. Como acontece ao trabalhador do silo de soja no conto "Má sorte", em *Erva brava*, de Paulliny Tort, Rosa só é notada quando "não funciona", "não dá certo": quando envelhece e para de trabalhar com a costumeira eficiência – essa qualidade da lida doméstica só vista quando falha, quando falta.

Ao observar de perto a fadada desaparição da trabalhadora doméstica sob o ofício sempre igual, *Flores invisíveis* conversa também com livros como *Manual da faxineira*, de Lucía Berlin, que colocam em primeiro plano esses personagens acostumados a viver como pano de fundo. Nesta investigação,

Midena opera, além da árdua pesquisa na linguagem, no campo da compaixão por seus pequenos personagens – sem ser complacente ou populista, mas também sem deixar de olhar para eles como se fizessem parte de seu círculo íntimo. Inexorável, a trama se desenrola como um pesadelo. Capítulo a capítulo, o leitor imagina: o próximo será pior. Mas a dor seguinte será mais amarga do que se imaginava, pois é amortecida pela ausência dos desejos e reflexões de Rosa. O filho tão acarinhado na recordação foi sendo cavado dentro de si – uma ausência criada no corpo feito câncer. Então todo o sacrifício de Rosa deu em nada? No desfecho implacável, Valéria Midena denuncia que não: mesmo que a matéria de suas vidas fosse tão fina, Rosa e Chico permanecem na lembrança como testemunhas de acusação dessas existências feitas de lacunas e acasos. Este é um livro necessário para o Brasil de 2022 e para os próximos Brasis que virão – como advertência e também como memória.

RONALDO BRESSANE

Rosa

Sabia da vida dos patrões pelo cheiro do apartamento, que lhe cabia arejar logo cedo, assim que chegava. Cheiro de cigarro, tinham brigado. Cheiro de bebida, teve visita. De sexo, estavam felizes. Às vezes apareciam outros: de pizza, quando dona Helena viajava; de cocô, quando seu Maurício tinha uma crise daquela doença complicada dele.

Mas Rosa gostava mesmo quando abria a porta e sentia o cheiro de um perfume que a patroa usava só de vez em quando. (Não entendia por quê – se fosse dela, usava todo dia.) Era um cheiro bem cheiroso, que lembrava sua infância na roça porque era que nem cheiro de mato logo que a chuva acaba, só que mais gostoso. Ela não sabia a marca, tentou uma vez copiar, desenhou letra por letra, mas quando deu o papel para a vizinha que vende todo tipo de perfume, a vizinha disse que ela tinha copiado errado, que perfume com aquele nome não existia. Deixou pra lá.

Hoje o cheiro era de pipoca, o que queria dizer que os filhos do seu Maurício tinham passado a noite ali. Com seu passo coxo, Rosa atravessou a sala até a janela, abriu as cortinas, deslizou a folha de vidro, puxou a fita preta, enrolando a persiana, e deixou o ar fresco entrar. Olhou a rua, depois suas mãos pequenas e suas unhas, curtas e rachadas, sobre as quais tinha aplicado um esmalte transparente na noite anterior. Suspirou. Quinta é sempre dia de muita louça na pia.

...

Roda-gigante

De uns tempos para cá, deu pra sonhar tudo embolado. Antes, tinha sono comprido – deitava e só acordava às cinco horas, o pastor Luís começando o Manhã de Glória. Sonho? Às vezes tinha, às vezes não tinha – nunca prestava atenção. Agora sonhava toda noite, e um monte de sonho ao mesmo tempo. Sonhava com a Irene, coitada, aquele ataque do coração, caída na rua, a vizinhança acudindo, já fazia dois meses que tava no hospital. Sonhava com o Santuário de São Geraldo, em Curvelo; com o Farofa (imagina, vinte anos que o cachorro morreu!); com ônibus, loteria, o Crô da novela, a roupa girando na máquina de lavar, a perna que doía. Sonhava também com chuva, praia, piscina – sempre tinha água, muita água. E sempre tinha o Chico – ai, como sonhava com o Chico!

Sonhava muito, dormia e acordava a noite toda, sentia calor, transpirava. Não se resolvia com o cabelo: solto, esquentava o corpo; preso, doía a cabeça. Tinha noites em que se levantava, ia à cozinha, abria a geladeira e ficava ali parada, respirando e esperando o peito acalmar. Em outras o cansaço vencia e ficava mesmo deitada, olhando o pequeno ventilador que rodava a seu lado e lembrava a roda-gigante do Parque Shangai, que era a coisa mais linda e que todo domingo ela ia olhar, só para olhar mesmo, logo que chegou a São Paulo.

Agora já nem lembra quando foi a última vez que viu uma roda-gigante. Só lembra que, quando Chico nasceu, não tinha mais Parque Shangai.

A vida que se vive

Achava que a vida era assim: ia acontecendo e ela ia vivendo. Nunca planejou nada, nem pensou que deveria planejar. Só ia fazendo as coisas, porque afinal as coisas têm que ser feitas: a gente faz comida porque tem que comer; lava a roupa porque quando usa, suja (às vezes nem suja, mas fica cheirando); limpa a casa porque casa de gente direita tem que estar sempre limpa. A vida é assim – vai acontecendo e a gente vai vivendo.

Quando Zé Pedro decidiu sair de Curvelo para tentar a vida em São Paulo, veio com ele porque lugar de mulher é do lado do marido. Chorou de saudade antes mesmo de partir, um nó no peito que custou a desmanchar. Mas com dezesseis anos não cabia de volta na casa da mãe, e o que tem que ser feito, tem que ser feito, mesmo quando a gente não quer.

Também não queria o Chico. Não é que não queria, Deus me perdoe!, filho é a coisa mais sagrada deste mundo. Mas em São Paulo Zé Pedro não era mais o mesmo. Vivia irritado, reclamava de tudo, bebia, brigava, batia. Não queria filho com ele. Mas o filho veio e como é que não ia ter o filho?

Não gosta de lembrar do acidente. Porque não foi fácil. Tá certo que pensava em fugir, voltar pra Curvelo, mas e o medo, a vergonha? E se Zé Pedro viesse atrás? Então seguia fazendo o que tinha que fazer – cuidava da casa, da criança, do marido, aguentava.

Só que tem coisa que a gente não aguenta. Foi tudo no susto – nem lembra o que passou na cabeça quando viu o marido mexendo com o menino. Só lembra que a vista escureceu, o estômago embrulhou, o coração disparou.

Todo mundo pensa que Zé Pedro rolou sozinho a escada, vivia bêbado mesmo. Ela? Pensa que fez o que tinha que ser feito.

O livro dos retratos

A primeira vez que viu um álbum de retratos foi na casa de dona Marta, logo depois de ter chegado a São Paulo. Achou a coisa mais linda, juntar num livro todo mundo que a gente gosta só pra poder olhar, lembrar da história, matar a saudade. Tanta gente na vida da gente! Pai, mãe, irmão, irmã, primo de perto, de longe, vizinho, amigo... é muito rosto, a gente até esquece.

Em Curvelo só tinha um retrato, que ficava pendurado na parede da casa da mãe. A mãe dizia que eram os avós, mas ela não sabe se eram mesmo porque nunca conheceu. Não achava a mãe parecida com eles, mas ainda assim gostava daquela imagem: a mulher com o cabelo preso em coque, blusa com gola de renda e broche no pescoço; o homem de bigode, chapéu, gravata e paletó. Um ao lado do outro, olhando longe. Pareciam tristes, e ao mesmo tempo pareciam felizes naquela tristeza. Era retrato, mas parecia pintura – a blusa, o chapéu, a maçã do rosto, tudo tinha um colorido calmo, diferente dos retratos de hoje em dia.

Quando descobriu que tinha fotógrafo no Parque Shangai, resolveu juntar dinheiro para fazer uma foto com Zé Pedro – já que não tinha foto na frente da igreja (porque de verdade não tinham casado, só juntado), pelo menos ia ter uma foto na frente da roda-gigante.

Foi de vestido branco, pediu pro marido arrumar um paletó, levou uma flor para a lapela. A foto ficou linda, e foi a primeira que ela colocou no álbum – na verdade, um caderno grande que comprou pra ir colando os retratos. Queria fazer um livro que nem o da patroa, bem cheio, só que não conseguia tirar fotografia a toda hora, era caro e Zé Pedro achava bobagem.

O segundo retrato foi no Parque da Luz, ela e a barriga, Chico quase estourando. E o terceiro também foi lá, ela, o marido, o Chico e o Farofa, quando o filho fez um ano.

Para não deixar o livro vazio, ao longo do tempo começou a colar retratos que tirava de revistas. Dona Marta comprava um monte de revista, e depois dava pra Rosa, que ia recortando: colocou no álbum o Beto Rockfeller, o Zezé e a Jandira do Meu Pé de Laranja Lima, o Jerônimo dos Irmãos Coragem. Também o Roberto Carlos, o Ronnie Von, a Wanderléa e o Silvio Santos. Colocou até aquele presidente de olho azul, bem senhor, que ela não lembra mais o nome mas lembra que achava muito distinto.

De vez em quando, Rosa ou ganhava ou conseguia tirar uma foto de verdade, e aí ficava tudo misturado: os filhos da dona Marta, a Elis Regina, ela com o Chico e o Farofa, o seu Mário com o jacaré que ele pegou no Pantanal, o Bronco, o Pelé. Tanta gente na vida da gente!

Lembrou disso tudo quando pegou o livro há anos guardado no fundo da gaveta dos novelos de lã. Viu as marcas dos dois retratos arrancados da primeira página, e pensou que talvez devesse completar aquele espaço com novas fotografias. Vou perguntar pra dona Helena. Será que na internet tem foto do Parque Shangai?

...

O tempo de cada dia

Tem dia que a gente não vai pra trás nem pra frente!

Rosa soltou a frase e logo lembrou da mãe. Sempre achou graça quando a mãe falava assim. Ela, criança, não entendia direito, só ficava imaginando a mãe presa no chão que nem árvore, tentando andar, o corpo balançando, as raízes segurando. Morria de rir, e a mãe ficava brava, querendo saber o motivo do riso.

Demorou para entender que a vida é assim mesmo. Tem dia que a gente faz um monte de coisa, vai, volta, sobe, desce, senta, levanta, mexe, arruma, e dá até um vazio, parece que a gente não fez nada, nem saiu do lugar. E tem dia que a gente faz uma coisinha só mas o peito enche de uma alegria tão grande que parece que a gente correu o mundo e chegou num lugar melhor.

Rosa gostava das tardes de sábado, que passava na igreja tricotando mantas e agasalhos para as crianças da creche. Ela e as vizinhas contavam e ouviam histórias, falavam dos filhos, dos netos, da novela das oito, daquele namorado esquisito que a filha da Irene tinha arrumado, da patroa da Neide (que a Neide tinha que largar porque tratava ela muito mal), do Jaci que continuava vendendo bebida pros moleques da rua mesmo depois da bronca do pastor. De vez em quando, uma delas soltava uma bobagem só pras outras caírem na risada. Teve um dia que a Rosa até chorou de tanto rir com a história da Odete, que tinha ficado um dia inteiro procurando os óculos e depois percebeu que tavam pendurados no pescoço!

Também falavam de coisa séria, de problema, de doença, de Deus, da Bíblia. Tinha muita amizade ali, muito sentimento. A cada semana, uma levava o bolo e outra o café. E aquelas tardes voavam que nem passarinho, Rosa voltava pra casa quase à noite, cantando, o coração cheio de paz e na cabeça a certeza de que a vida era boa.

Mas isso é dia de sábado, que dia de segunda é diferente – a gente não vai pra trás nem pra frente.

A letra e o cansaço

Sempre gostou de caminhar sozinha, porque usava o tempo da caminhada para cantar. Ainda criança, nem reclamava quando a mãe mandava buscar água na fazenda do doutor Evaristo – aproveitava para treinar a voz, entoando as músicas que ouvia todas as noites pelo rádio. O passo variava, ou para acompanhar o ritmo, ou para dar o tempo certo de chegar, bem no finzinho da canção.

Da casa da dona Helena no mercado dava quinze minutos andando. Às vezes Rosa ia em vinte, às vezes em trinta. Dependia da música, e também do calor, da dor na perna, do cansaço (que quando é muito faz a gente demorar).

[nunca vi ninguém
viver tão feliz
como eu no sertão

perto de uma mata
e de um ribeirão
Deus e eu no sertão]

Banana, manteiga, guardanapo de papel, sapólio e Veja. A cebola também tá acabando, mas vou falar pra dona Helena comprar no sábado, porque fica muito pesado pra eu levar.

[casa simplezinha
rede pra dormir
de noite um show no céu
deito pra assistir]

Banana, guardanapo de papel, sapólio e Veja.

[Deus e eu no sertão
das horas não sei
mas vejo o clarão
lá vou eu cuidar do chão]

Que calor é esse, meu Deus? Acho que na volta vou aproveitar e lavar a varanda.

[trabalho cantando
a terra é a inspiração
Deus e eu no sertão

não há solidão
tem festa lá na vila
depois da missa vou
ver minha menina]

Banana, guardanapo de papel, sapólio e Veja. Tinha mais alguma coisa.

[de volta pra casa
queimo a lenha no fogão
e junto ao som da mata
vou eu e um violão
Deus e eu no sertão]

Banana, guardanapo de papel, sapólio e Veja. Tinha mais outra coisa. Será que era o pão?

A cabeça da gente

Dona Helena acha que eu sou distraída mas não sou não. Presto atenção em tudo que ela fala. É que tem dias que a cabeça da gente tá muito cheia, aí fica difícil guardar. Inda mais quando junta com problema de filho, quem consegue pensar em outra coisa?
 Toda vez que Chico aparece eu fico assim, eu sei. É que junto com ele vem muito pensamento. Fico pensando que se eu não tivesse levado ele pra Curvelo, se tivesse criado junto comigo, ele não tava nessa vida. O pastor fala que a gente que escolhe, que o caminho de Jesus tá sempre na nossa frente, mas não sei se é assim não. Porque meu Chico, coitado, não teve escolha. Primeiro ficou sem pai (se bem que um pai daqueles ninguém merece); depois ficou sem mãe, como é que eu ia criar ele aqui sozinha? A Rosália fez de coração, até hoje agradeço, mas tia é tia, não é igual, vai saber se olhava do mesmo jeito que os dela. E Curvelo mudou demais, não sei o que aconteceu, tá cheio de gente que não presta. Se o menino não tinha ninguém mostrando o caminho certo, como é que ele ia achar sozinho?
 Eu penso mesmo que a culpa é minha. De vez em quando até esqueço, mas quando Chico aparece eu penso de novo. Imagina, crescer vendo a mãe só no Natal? E eu sei que ele tem bom coração, por isso que eu ajudo. Dou o dinheiro que ele pede, mas dou conselho também. Já disse mil vezes pra ele largar essa vida, pra vir morar comigo, que junto a gente dá um jeito. Seu Maurício trabalha em firma grande, gosta de mim, se eu pedir tenho certeza que ele arruma um emprego pro Chico. Viver de

bico não traz futuro pra ninguém... E quando eu morrer, como faz? Vai pedir dinheiro pra quem?

    Ele me ouve, eu sei que ouve, mas é que nem criança... criança sim que é distraída. A gente tem que falar mil vezes, até entrar na cabeça. Demora, mas uma hora entra. E eu tenho fé que, pro meu menino, essa hora logo logo vai chegar.

Aos pedaços

Soube da morte da mãe quando ligou para anunciar o nascimento do filho. Tá certo que telefone só tinha na fazenda do doutor Evaristo, que tiveram medo que ela perdesse o bebê... Mas Rosa nunca perdoou os irmãos. Adorava a mãe, pensava nela todos os dias – aquela cara amarrada, as veias saltadas na perna, a saia verde que ela nunca tirava. Cara amarrada e coração frouxo. A mãe era toda amor, com seu jeito de pentear o cabelo de Rosa, comprido desde criança. Ou quando assava bolo de fubá, ensinava as filhas a trançar palha de buriti, ou ajudava Rosa a fazer boneca do caroço da manga. Lavavam juntas, com sabão e limão, até ficar bem branquinho. Aí Rosa penteava os fiapos, ia esticando, esticando, amarrava dois laços de maria-chiquinha, punha um pedaço de pano fazendo saia. Parece comigo, mãe? E cê lá tem cara de manga, menina? Riam juntas.

Ninguém avisou da doença, não pôde visitar, não se despediu. Aquele telefonema lhe abriu um buraco no peito, a morte da mãe arrancando a alegria do primeiro filho. Lembra do seu João, dono do bar, logo que desligou o telefone: Tá tudo bem, Rosa? Cê tá tão branca... Não ouviu mais nada. Acordou numa cadeira, um monte de gente abanando, falando, perguntando.

Voltou quieta para casa, ficou quieta uns três dias. Não tinha força para cuidar do Chico, o leite secou. Zé Pedro não entendia, chamava ela de fraca, dizia que cedo ou tarde todo mundo morre, que se ela não cuidasse o filho ia morrer também.

E então apareceu o Farofa. Deus que mandou, ela tem certeza. Deus e a mãe. Como é que do nada aparece um cachorro assim, na porta da gente, fraquinho, todo dengo, pedindo colo? Pôs pra dentro, deu banho, comida, ajeitou um cobertor no canto da cozinha para servir de cama. E os olhos de solidão do Farofa disseram à Rosa que ela não estava sozinha.

Ele foi ficando, ela foi melhorando. Um cuidando do outro, e os dois cuidando do Chico. Não demorou muito para que ela quase esquecesse do buraco no peito.

Quando, depois do acidente, resolveu que Chico iria para Curvelo, implorou a Rosália que aceitasse o cachorro junto. No coração não queria nada daquilo, mas na cabeça sabia que era o que tinha que ser feito. Farofa ao lado do Chico seria um pedacinho dela mesma olhando pelo menino.

Foi no ônibus da volta, depois de deixar os dois com a irmã, que Rosa sentiu de novo aquele buraco. Na verdade, um monte de buracos, seus melhores pedaços lhe faltando, todos levados pela vida. Tinha perdido a mãe para a doença, Zé Pedro para a bebida, o filho para a irmã e o cachorro para o remorso. Decidiu que, na casa ou no peito, não colocaria mais ninguém.

Santo Antônio

Na casa da mãe, o Santo Antônio ficava sobre uma prateleira na parede da sala, bem ao lado do retrato dos avós. Era um pequeno altar: a toalha branca de crochê, a flor de plástico na garrafa transparente, a luz frágil da vela tentando não morrer. Ao chegar ou sair, Rosa sempre lhe pedia a bênção, como desde cedo a mãe havia ensinado. Cê nasceu no dia dele, é seu padrinho – e pra padrinho a gente pede a bênção.

Achava estranho ter padrinho santo, e que nem podia chamar de Dindo, que nem os irmãos faziam. (O Dindo da Rosália era tio Jeremias; o da Rosário, tio Luiz; e o da Rosalinda era seu Joaquim. Só doutor Evaristo, padrinho do Reginaldo, que a mãe também não deixava chamar de Dindo.) Achava estranho mas ao mesmo tempo achava bonito, especial. Ainda mais Santo Antônio, com aquela criança no colo... se leva nos braços é porque gosta e sabe cuidar.

De vez em quando, Rosa conversava com ele – mas só no pensamento, porque não queria que ninguém soubesse. Sentava no banco de madeira ao lado da porta de entrada, pousava os olhos mornos na imagem do padrinho e pensava com força em tudo que queria dizer. E tinha certeza que ele ouvia. Não era conversa de pedir favor, que nem todo mundo faz quando fala com santo ou com Jesus ou com a Virgem. Tá certo, de vez em quando até pedia alguma coisa, se era muito importante. Mas quase sempre era conversa só de conversar mesmo, contar da vida, passar o tempo. Conversava, conversava, então levava a mão à boca e beijava a ponta dos próprios dedos, com os quais em seguida tocava os pés do santo, pedindo sua benção. Depois saía com um sorriso no rosto, pensando que só padrinho santo consegue colocar um sossego tão grande no coração da gente.

Já se haviam passado quase três anos da morte da mãe quando Rosa voltou pela primeira vez a Curvelo, levando o filho e o cachorro para a irmã criar. Quando de longe avistou a casa de sua infância, o coração disparou. Era como se estivesse de novo ouvindo aquela voz rouca contando que rosa era a cor de que mais gostava, que por isso o pai tinha pintado a casa daquela cor, e por isso tinham escolhido aqueles nomes para as filhas. Ficou alguns instantes diante da casa, olhar suspenso, sem perceber que à sua frente tinha apenas memórias. Suspirou e entrou.

Precisou disfarçar o estranhamento. Agora era Rosalinda quem morava ali. Depois de o marido tê-la deixado, Linda não quis mais ficar em Belo Horizonte – também, coitada, ia fazer o que lá? Sem emprego, sem filho nem parente por perto. A mãe tinha acabado de morrer, os irmãos ofereceram, foi de mudança. Para ajudar a irmã, Reginaldo pintou a casa toda por dentro – agora, os quartos eram amarelos e a sala azul. O retrato dos avós não estava mais na parede, nem o banco de madeira embaixo da janela. Apenas o Santo Antônio continuava ali, a vela acesa e a flor ao lado.

Encontrou o banco na casa de Rosário, e o retrato na de Rosália. Soube que Reginaldo tinha levado o rádio e também o crucifixo que antes ficava sobre a porta de entrada. Nem foi ver. Sempre evitou a casa do irmão, não gostava da mulher que ele tinha arrumado, uma dona que achava que só porque o marido mandava na gente ela podia mandar também. Ele mandava porque era obrigação, ora, o pai tinha morrido, a gente só tinha ele de homem, era o mais velho. E mesmo assim de vez em quando a mãe dava um corre nele... Agora, ela? Fingida. Fazia cara de santa pro marido e pra mãe, mas por trás atazanava a gente. Atazanou tanto que um dia Rosália se atracou com ela, precisou Reginaldo correr pra separar. Bem-feito – pelo menos com Rosália ela nunca mais se meteu.

Rosa disse aos irmãos que queria levar o santo. Afinal, era o padrinho dela e ela não tinha ficado com nada da mãe. Ninguém se incomodou. Depois de uma semana desencontrada naqueles espaços, deixou Curvelo com o santo na bolsa, o filho chorando no colo da irmã e Farofa na plataforma da rodoviária, olhando cúmplice para ela, como se dizendo: Vai tranquila, Rosa, que eu cuido de tudo por aqui.

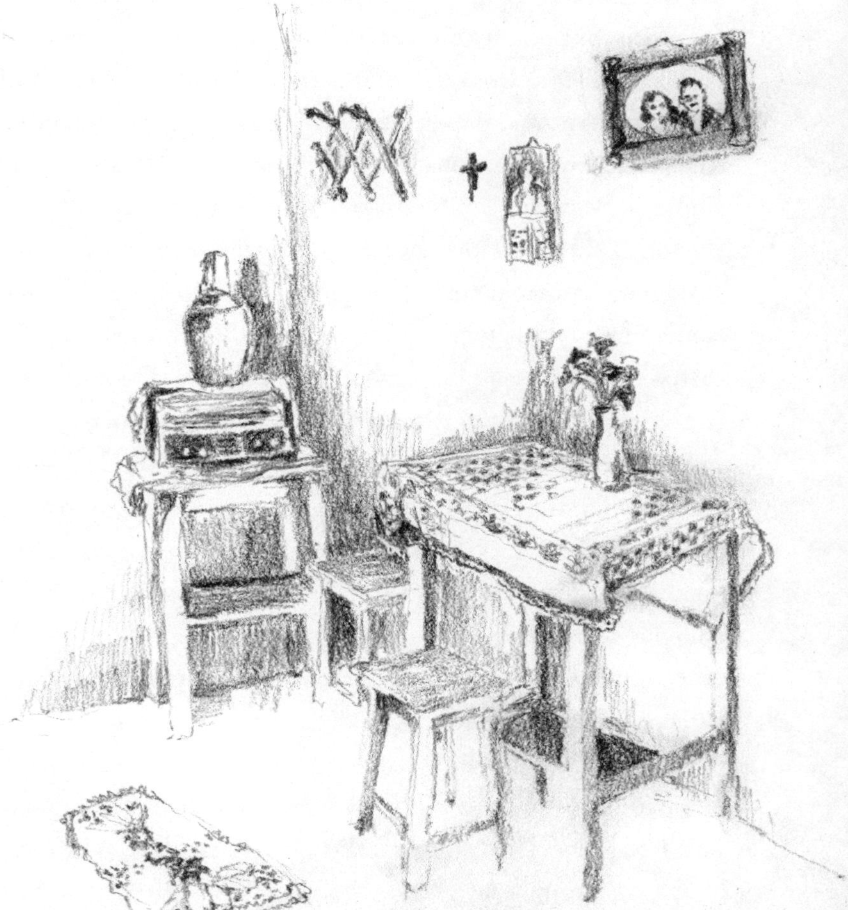

Camarão na moranga

Dona Helena era boa pessoa. Quando Rosa foi pra lá, cinco anos antes, tinha colocado em dia todos seus documentos da aposentadoria. Aliás, se não fosse ela, Rosa não teria descoberto que dona Sílvia, que parecia um anjo e pra quem Rosa tinha trabalhado por quase seis anos, de verdade era o capeta – descontava o INPS do salário, mas nunca tinha recolhido um carnê. Quando dona Helena explicou, Rosa não quis acreditar, achou que era confusão do governo. Só depois de muita conversa é que entendeu, e aí resolveu procurar dona Sílvia para tomar satisfação. Seis anos cuidando de casa, comida, cuidando do Rodrigo, que quando ela chegou lá tinha só dois anos e era magrinho de dar dó, depois virou um meninão forte, lindo, que chamava Rosa de Nãna e não comia outra comida que não fosse a dela... seis anos! Por que a patroa tinha feito aquilo? Acabou nunca descobrindo. Depois de tanto tempo, não tinha nenhuma Sílvia naquele número, o endereço não era o mesmo, nem a casa existia mais, tinha um prédio no lugar. Desistiu do assunto, mas aprendeu a lição: a partir de agora ia conferir tudo, guardar recibo, pedir comprovante. Bem que o pastor diz, a gente se engana com as pessoas. O lobo vem em pelo de cordeiro.

É, só que dona Helena é boa mas nem tanto. Tá certo, organizou minha papelada, paga direitinho, salário, férias, dá até um dinheirinho a mais quando saio muito tarde, nos dias que eles dão festa, ou se os filhos do seu Maurício vêm no domingo e eu fico pra servir o almoço. Mas que ela faz diferença, isso ela faz, não trata todo mundo igual não. Quando tem janta melhor, que eu faço pras visitas ou de vez em quando pra ela e pro seu Maurício – que nem o camarão na moranga, a lula recheada ou o arroz com pato –, ela sempre dá um jeito de dizer que é pra eu cozinhar meu feijão. Nunca falei pra ela que eu gosto de feijão! Ela acha é que empregada não tem que comer comida chique, isso sim. Não falo nada, faço o feijão que ela manda e tudo bem. Só que eu separo um pouco da outra comida e ponho num tapauer pra levar pra casa. Ela nem vê, pego um potinho pequeno e boto logo dentro da bolsa. Ah, tem dó! Largo o serviço às cinco, às vezes seis, caminho até o metrô, entro naquele vagão lotado que nunca consigo sentar, aí eu desço, vou pro ponto, pego meu ônibus, demoro quase um hora pra chegar no terminal, e depois ando outro tanto... Tem dia que eu entro em casa e a novela já até começou! Tô cansada, o pé doendo, vou voltar pro fogão?

Tantos anos nessa lida, uma coisa eu aprendi: em casa de patroa, a gente tem que fazer comida a mais e levar um pouco pra casa sim, não tem nada de errado. A comida que for. Eles nem prestam atenção, não faz falta nenhuma. Já na época da dona Marta eu cozinhava pra sobrar, ela que me ensinou que é feio fazer comida contada. E o que sobrava lá ia tudo pro lixo, em todas as casas que eu trabalhei vai comida pro lixo. Ninguém nunca ligou. Eu faço a mais mesmo e levo um pouco pra mim. Agora então, na casa da dona Helena, com essa história do feijão, aí é que eu faço um monte. Adoro camarão, lula, marisco, tudo que é do mar. Pato nem gosto tanto, alcachofra também não. E aquele cogumelo marrom parece uma gosma na boca da gente. Mas eu levo mesmo assim.

...

Fé

Há tempos estava achando o filho diferente. Chico sempre tinha sido meio arisco, falava pouco, olhava de esguelha, quase não ria. Rosa achava que tinha ficado assim depois de ter ido morar em Curvelo. Também, tanta mudança de uma vez, ele não tinha nem três anos... E ainda por cima aquele monte de irmão – Rosália já tinha dois quando pegou Chico pra criar, depois teve mais três, vê se pode! Acho que ele foi ficando quieto porque a barulheira naquela casa era grande demais. Aqueles meninos da Rosália nunca deram sossego, uma brigaiada o tempo todo. Coitada, fez o que podia, né?, botou todo mundo na escola, levava na missa, dava duro na casa... mas não sei se tinha olho pra tudo, não. E o marido pra cima e pra baixo naquele caminhão, os moleques faziam gato e sapato. Deu no que deu. Deus me perdoe, a gente não quer falar, é família da gente, mas os dois caçulas não prestam. Nunca prestaram. Desde pequenininhos metidos em confusão. E a menina também, a tal da Kelly, nunca foi flor de cheirar. Só Rosália mesmo pra acreditar nessa história de modelo... Modelo onde? Nunca vi em revista nenhuma, nem na TV, nem nada. Não tinha nem quinze anos quando foi embora pro Rio, o pai excomungou, proibiu de pisar em casa de novo, Rosália quase morreu de desgosto. De vez em quando telefonava, depois sumia, aí mandava carta, sumia de novo, e a coitada da Rosália chorando dia e noite. Até que, depois de um tempo, em vez de carta começou a mandar dinheiro – e aí já viu, né? Com dinheiro no bolso, todo mundo esquece briga, tristeza, desavença. O pai agora acha chique ter filha artista – ar-tis-ta. Eu já vi umas fotos que ela manda, sempre enfeitada, umas unhas desse tamanho, aquelas roupas agarradas que Deus me livre! Diz que vive viajando, passeando de barco, até de avião parece que ela já andou. Pra cima e pra baixo com um, com outro, sei lá se é colega, patrão. Só sei que ela nunca convidou ninguém da família pra ir pro Rio, na casa dela. Ninguém. Minha irmã até que queria, que eu sei, o sonho dela é conhecer o mar. Mas diz que não quer atrapalhar, que a filha é muito ocupada, viaja muito... Tá. Ela não sabe é nadinha da vida da menina, isso sim – endereço, amiga, vizinha, namorado, nada, nada. Não é esquisito? E ainda enche a boca pra falar, Kelly é modelo no Rio, Kelly comprou um carro, Kelly foi pra cá, Kelly vai prá lá. Sei não. Ninguém me tira da cabeça que aí tem coisa.

Mas também tem alguma coisa com meu Chico. Ô, meu Santo Antônio, me ajuda! O senhor sabe que eu não sou de pedir favor, mas meu menino tá me tirando o sossego. Eu sei que ele sempre foi calado, mas nunca arisco desse jeito. Agora vive apressado pra cima e pra baixo, oi Rosa, vim dormir aqui, oi Rosa, tô precisando resolver um assunto, tem grana aí? E Deus me livre se eu não tiver, ou não conseguir logo, já sai batendo a porta. Diz que é assunto de trabalho, que volta depois pra gente conversar, só que some e aparece dali um mês. Outro dia mesmo, eu quis puxar prosa, saber desse serviço dele, o que ele tá fazendo, se não tão pagando direito... Ficou bravo, disse que não é da minha conta, que eu nunca cuidei dele e não é agora que eu vou cuidar. Fiquei com falta de ar três dias, só pensando naquelas palavras, nem dormir direito eu consegui. Doeu demais. Mas também não podia brigar, porque eu entendo, na cabeça dele ele tem razão. Uma mãe que larga o filho?

Eu nunca vou saber tudo que ele passou, mas queria tanto que ele me entendesse, nem que fosse só um tiquinho! Que eu também pelejei muito, que eu fiz o que eu fiz porque não tinha jeito, que eu pensava nele dia e noite, mandava todo dinheiro que eu podia, teve época de eu trabalhar em duas casas, não tinha nem domingo...

Ai, padrinho, será que algum dia meu Chico me perdoa e começa a me chamar de mãe?

O paletó xadrez

Olhar Zé Pedro no pé da escada foi mergulhar em um aquário – a poça de sangue, gente correndo, o cachorro, vizinhos, polícia, tudo eram imagens turvas e silêncio. Via as pessoas ao redor como peixes, mexendo suas bocas sem emitir som algum. Não lembra quem apareceu, quem ajudou, como foi parar na ambulância, no hospital, no cemitério. Só quando a terra começou a cair sobre o caixão do marido é que Rosa foi voltando à tona. E então sentiu raiva, muita raiva.

    A polícia veio com perguntas, ela falou o que tinha que falar: estava bêbado, tropeçou, caiu, rolou. A fisionomia triste, o filho pequeno e a compaixão dos vizinhos endossaram o relato. Usou a falta de dinheiro para não rezar missa e inventou uma sogra doente para justificar aos vizinhos a ausência dos parentes distantes. Dona Marta lhe deu férias, seu Mário ajudou com o pedido de pensão no INPS, e Rosa ficou um tempo em casa cuidando do Chico, do Farofa e dos próprios pensamentos. Concluiu que, morto, o marido ajudaria mais do que vivo (sem falar no filho, que ela tinha livrado daquela sem-vergonhice), e portanto não havia motivo pra continuar pensando no acontecido.

    Já era viúva há quase um mês quando decidiu telefonar para Curvelo. Quis falar com Reginaldo e pediu que ele fosse o portador da notícia – preferiu proteger-se da família do marido e também das irmãs, que tinham língua comprida e iam esticar a conversa até onde não devia.

O único que viajou a São Paulo pela morte de Zé Pedro foi Manuel. Ficou branca quando abriu a porta e deu de cara com o cunhado – desde pequenos, os irmãos sempre haviam sido muito parecidos, e por alguns instantes Rosa achou que tinha o fantasma do marido à sua frente.

Chegou de cara amarrada e cheio de perguntas. Quis saber detalhes do acidente, como caiu sozinho?, cê não percebeu que ele não tava bem?, por que não botou ele pra dormir? que horas chegou o socorro?, por que cê demorou tanto pra ligar pra gente?. Até aquele momento, todo mundo só tinha tido pena da Rosa – fora o polícia, ninguém tinha feito mais de duas perguntas, a vizinhança toda se oferecia pra ajudar. Por que o cunhado, que ela não via desde que saiu de Curvelo, que nem sabia nada da vida dela, chegava assim de repente, com tanta desconfiança?

Repetiu a mesma história várias vezes, e quando o medo começou a lhe roubar o ar, caiu no choro falando de dor, de tristeza, de saudade, que eu vou fazer agora sem meu Zé? Manuel amoleceu, ofereceu ajuda, brincou com o sobrinho no colo, afagou o cachorro. Rosa foi se acalmando e perguntou a ele se gostaria de ficar com alguma lembrança do irmão. Passou um café enquanto ele olhava caixas, roupas e gavetas, e não se importou quando ele escolheu o único paletó do marido, usado apenas uma vez para a primeira foto no Parque Shangai.

No ônibus de volta a Curvelo, enquanto afagava o tecido xadrez, Manuel não conseguiu pensar em outra coisa que não os dois espaços vazios com marcas de cola logo na primeira página daquele livro de retratos.

Deus é amor

Foi Odete quem levou Rosa para a igreja, alguns meses depois de Chico ter sido deixado em Curvelo. Naquela época já eram vizinhas, e Odete passou semanas tentando tirar Rosa da tristeza. Nada funcionava. Rosa ia e voltava do trabalho sempre quieta, cabeça baixa. Cumprimentava os conhecidos de longe, apenas com um aceno de cabeça, e o padrinho com o beijo que lhe dava desde criança – mas a ele não dirigia o olhar, nem pedia mais a bênção. Havia guardado o rádio de pilha no armário da cozinha, o álbum de retratos no fundo de uma gaveta na cômoda e, quando não estava lavando, passando ou cozinhando, sentava na cadeira da sala e baixava o olhar para o chão, só pensando no Chico e no Farofa. Como Deus vai perdoar uma mãe que larga o filho?

Perdoa, dizia Odete, é só pedir que Deus perdoa. Vem falar com o pastor, ele te explica, Rosa. Cê não largou seu filho, cê não fez nada de errado, é pro bem dele que ele tá lá. Cê trabalha, manda dinheiro, não fica se engraçando com homem por aí, faz tudo certo. Vem falar com o pastor, ele vai pôr um pouco de calma no teu coração.

E um dia Rosa foi. Na primeira vez, achou aquilo tudo esquisito, pensava que ia encontrar uma igreja que nem a matriz de Curvelo, ou a paróquia do Glicério, que ela frequentava na época do Parque Shangai. Aquele galpão pintado de azul, as cadeiras soltas, o altar pequeno sem imagem do Cristo ou dos santos, tudo lhe pareceu estranho. Mas achou o nome tão lindo – Deus é Amor – e ouviu tantas palavras bonitas da boca do pastor que prometeu a Odete que voltaria na semana seguinte.

Voltou na seguinte, na outra, e logo transformou aquelas visitas em compromisso com a amiga e com Deus. Ia aos cultos todos os sábados, já que aos domingos gostava de se recolher, quieta com suas coisas. Na volta da igreja, às vezes Odete a chamava para um café, em outras era a amiga que vinha até sua casa.

Foi em uma dessas ocasiões que Odete disse:

– Rosa, cê não devia ter essa imagem de santo. A gente não pode adorar santo, o pastor já explicou. Santo é só uma pessoa que foi boa, e tem gente boa no céu e na Terra, só que nenhuma é Deus. Se você tem fé em santo é porque a fé no Senhor é fraca.

Rosa escutou quieta, balançando a cabeça como quem concorda. Agradeceu à amiga os ensinamentos e disse que se livraria da imagem no dia seguinte.

Quando, mais tarde, ficou sozinha em casa, tirou o santo da prateleira, deu-lhe um abraço apertado e deixou-se ruir em choro. Pediu desculpas pelas palavras da amiga, desculpas por ter fugido dele por tanto tempo, falou da falta que sentia do filho, do cachorro, que no coração carregava medo, culpa, vergonha, tudo junto. Disse que Odete era boa pessoa, o pastor também, que eles só queriam ajudar, e até tavam ajudando. Explicou que gostava de ir à igreja porque lá conseguia esquecer um pouco a saudade, se distraía, mesmo quando não entendia direito a pregação. E que também não entendia essa história de não poder ter santo em casa, de não poder cortar cabelo, mas não queria brigar com a pessoa que mais a tinha ajudado.

Padrinho, a gente faz assim: tiro o senhor da sala, coloco num lugar que ninguém vê, mas um lugar bom, não vou deixar o senhor trancado em caixa, armário, Deus me livre! O senhor podia ficar atrás do filtro na cozinha, acha bom? Aí toda vez que eu for pegar água eu lhe peço a bênção, e quando estiver cozinhando a gente pode conversar, que nem a gente conversava na casa da mãe. A Odete não precisa saber, para não ficar chateada comigo. Eu sei que é pecado mentir, mas tem mentira que é pro bem de todo mundo, não é mesmo? Que nem essa história de televisão, que o pastor fala que não pode assistir... só que a gente gosta de novela, que tem de errado? Eu e a Odete, a gente combinou: a gente vê, mas não conta pra ninguém, só uma pra outra. E sabe o que mais? Acho que o pastor não gosta de santo porque não tem um santo padrinho que nem eu – se tivesse, queria ver se ele largava.

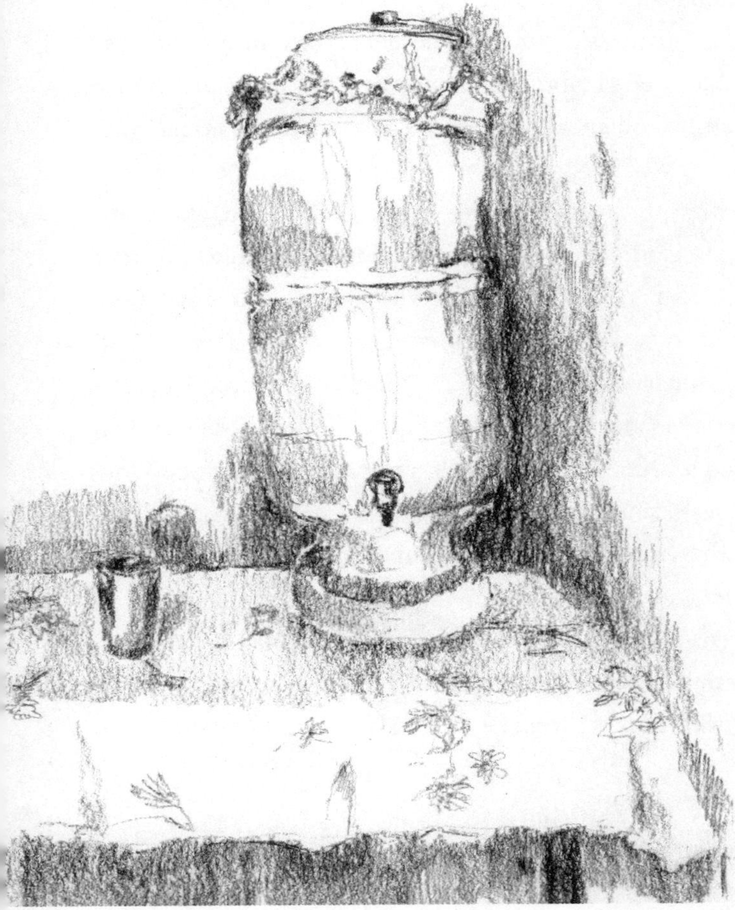

O homem da família

Chico tinha quase quinze anos quando pela primeira vez cismou com a morte do pai. Foi durante uma conversa com Manuel, o único dos parentes de Zé Pedro a ter se aproximado quando o menino foi morar com a tia. Nas primeiras visitas, Rosália recebeu aquele quase cunhado com desconfiança – mal o conhecia, e a aparência tão igual à do falecido lhe causava incômodo. E sabendo ainda que Rosa evitava contato com a família do ex--esposo, aquela estreiteza lhe parecia traição. Porém com o tempo, com as constantes viagens do marido e o distanciamento de Reginaldo (que tomou as dores da mulher, logo que as duas se atracaram), acolheu aquela presença com alívio – ao menos o garoto cresceria com algum homem da família por perto.

Manuel era sete anos mais velho que Zé Pedro e, apesar das diferenças de idade e temperamento, sempre foi muito agarrado ao caçula – talvez pela perda de outro irmão, que viu morrer ainda bebê, sem nunca saber de qual doença; ou pelo abandono da mãe, que na quarta gravidez foi-se embora com o circo há meses acampado na cidade. Tendo o pai fraquejado depois desse episódio – trocou a comida pela bebida e o trabalho pelo silêncio – aos onze Manuel já se fazia homem. Ajudou o irmão a crescer e para ele transferiu seu sonho de uma existência menos miserável: assim que completasse vinte e um, Zé Pedro iria fazer a vida na cidade grande. Só não imaginava que, chegado o momento, o irmão já estivesse enrabichado, e jogar a menina de volta na casa da mãe não pareceu a Manuel coisa certa de fazer. Mulher é só atraso na vida.

Era noite de sexta-feira e Chico tinha ido visitar o tio, como fazia toda semana. Normalmente chegava com o pôr do sol, ajudava Manuel no preparo da comida, alimentavam juntos o avô adoecido, jantavam e ficavam proseando até perto das dez, quando Chico voltava para casa. Em todos esses anos, Chico nunca tinha visto Manuel com cachaça na mão. Nesse dia, no entanto, percebeu o tio já alterado assim que chegou.

– Tá tudo bem, tio?
– Bem pra quem?
– Desculpa, perguntei por perguntar.
– Boa pergunta, tá tudo bem... Pode tá bem procê, não tem nada pra se preocupar. Ou pra sua tia, o marido lá ralando no caminhão e ela só em casa, cuidando de filho. E pra sua mãe, né?, se livrou do marido, do filho e tá lá, com cara de viúva mas levando vida de cidade grande.

A fala veio como um soco. Chico nunca tinha ouvido ninguém maldizer a mãe. Rosa vinha a Curvelo uma vez por ano, sempre no Natal – chegava cheia de presente, um monte de doce, um tanto calada mas muito carinhosa. Tinha dela a imagem de mulher sofrida, triste, trabalhadora e sozinha, sempre sozinha. Vida de cidade grande?

– Que história é essa de se livrar?
– Quê?
– Cê falou da Rosa, que se livrou do meu pai, de mim.
– Ué, e não foi?
– Meu pai morreu porque era pau d'água, todo mundo sabe disso. Não foi Rosa que se livrou. E como é ela ia trabalhar, eu pequeno? Só vim pra cá porque não tinha jeito.

— Isso é o que ela conta, não quer dizer que é verdade. Eu tive na tua casa logo depois do acontecido. Não vi tristeza nenhuma, parecia que meu irmão nunca tinha morado lá.

Até aquele instante, na cabeça de Chico era como se o pai nunca tivesse mesmo existido – não lembrava de seu rosto, e Rosa sempre havia dito que não tinha nenhuma fotografia do marido. Nem no documento? Ai, meu filho, joguei tudo fora. Não conseguia olhar, dava muita tristeza. Jamais havia lhe ocorrido perguntar algo ao tio. Talvez até Manuel guardasse alguma lembrança do irmão, um objeto, um retrato. Mas Zé Pedro nunca havia sido assunto entre os dois.

Chico também não lembrava do acidente. Ainda criança, vez ou outra sonhava com ambulância, polícia, gente gritando, e acordava gritando também. Mas já fazia tempo que não sonhava – nem esse, nem sonho nenhum.

— Por quê?

— Por que o quê, moleque?

— Por que parecia que ele não morava lá?

— Teu pai já tava morto fazia quase um mês quando Rosa telefonou avisando – e avisou Reginaldo, que veio aqui trazer o recado. Corri pra São Paulo e quando cheguei não vi nem rastro do meu irmão naquela casa – nem sapato, nem cigarro, nem cheiro. Meia dúzia de coisas no armário, umas caixas vazias, um paletó esquisito... acho que ele nunca usou, nem sei se era dele. Zé Pedro trabalhava em obra, como é que ia ter paletó?

— Cê não pode falar desse jeito, Rosa é mulher direita.

— Mulher é direita até a hora que entorta.

— Não fala assim! Todo mundo sabe que meu pai era que nem

o vô – bebia de cair, até que uma hora caiu e bateu a cabeça. Ou cê acha que ela ia querer ficar viúva?

– Acho é que essa história tá muito mal contada, isso é que eu acho. Até hoje. Como é que alguém rola uma escada assim? Podia até estar de bebedeira, mas meu irmão era homem forte, não ia cair desse jeito, e se caísse ia saber se segurar. E por que que ela demorou tanto pra avisar? Não queria a gente lá? Se estivesse sozinha mesmo ia querer a família por perto, não acha não?

Silêncio. Manuel levantou, abriu com uma chave a gaveta mais baixa do móvel da cozinha, tirou uma garrafa de cachaça, encheu o copo e virou num trago. Então o sobrinho falou:

– Eu acho é que o tio não devia beber esse troço. Já viu o mal que fez pro teu pai e pro teu irmão, pelo jeito tá fazendo mal pra tua cabeça também.

Chico saiu batendo a porta, não olhou para trás, e em vez de ir para a casa de Rosália preferiu caminhar pela JK até a Basílica de São Geraldo. Enquanto isso, Manuel tirava do armário o paletó xadrez e com ele se cobria no sofá, para dormir até a manhã seguinte.

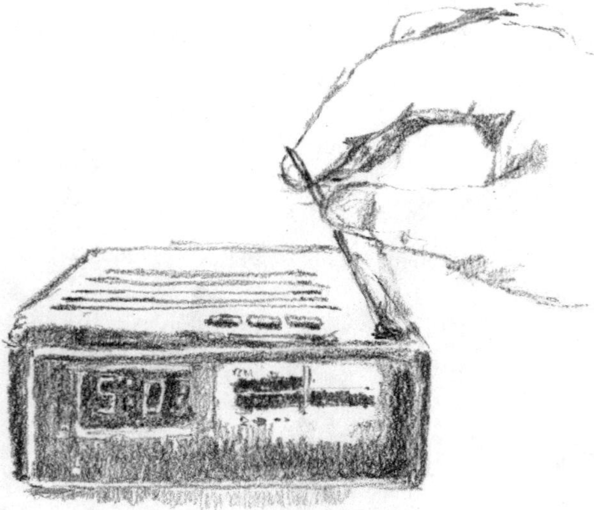

Pai herói

Rosa acordou com o rádio às cinco, como todos os dias. Levantou-se, caminhou até a cozinha, pediu a benção ao padrinho, abriu a janela e foi coar seu café. Guardou a louça desde a véspera no escorredor e sentou-se quando o aroma quente da bebida já ocupava os dois cômodos da casa. Gostava de começar o dia assim, quieta, xícara na mão, ouvindo o pastor e vendo a manhã se acender.

Andando pela avenida, a caminho do terminal, não notou o pouco movimento de pedestres, nem a quase ausência de veículos.

> *[Pai, pode ser que daqui algum tempo*
> *Haja tempo pra gente ser mais*
> *Muito mais que dois grandes amigos*
> *Pai e filho talvez...]*

Ai, como eu adoro essa música... E o moço que canta, que bonito que ele é! Odete falou que ele já cantava na outra novela, mas passava muito tarde, eu não vi, só agora nessa do André Cajarana. Cajarana, nome mais esquisito. Órfão que nem meu Chico, de pai morto e mãe distante. Rosália diz que ele nunca fala nisso, mas não sei, não é porque não fala que não pensa. Lembrar acho não lembra, que ele era muito pequenininho, mas deve pensar sim, nem que seja de vez em quando. Quem nessa vida não quer ter um pai? Vai ver que é por isso que ela anda com essa conversa de marido, cê é moça, Rosa, devia casar de novo, aí levava teu filho pra morar com você. Tomara é que não fique falando essas coisas na frente do menino! Eu até olho lá na igreja, Odete toda hora vem com essa ladainha também... mas não tem um que salve. Deus me livre de arrumar outro traste.

Chegou ao terminal e se deparou com uma confusão de gente, homem pra tudo que é lado, um falando na corneta, um monte batendo palma, meu Deus, que gritaria é essa?

– Vai pra casa, moça. Hoje não sai ônibus.

– Como pra casa, tá doido? Tenho que trabalhar, dá licença. Meu ônibus sai daqui cinco minutos.

– Hoje não sai ônibus nenhum, tamo de greve. Melhor ir embora.

– Embora pra onde? O outro ponto é muito longe, não vou caminhar até lá não.

– Pra casa, moça, já falei, não tem ônibus nem aqui nem no outro ponto. Tamo de greve.

– Olha, não sei se vocês tão de greve, que que cês tão falando... só sei que eu tenho que trabalhar, dona Marta precisa de mim e não sou de deixar patroa na mão. Dá licença.

– Pra trás, já falei, daqui ninguém passa!

Logo encostou outro falando mais grosso. Uma mulher se pôs ao lado de Rosa, um terceiro empurrou com o braço, tira a mão!, de repente dez, trinta, o tumulto se espalhando, pessoas correndo, ruído de sirene e Rosa em meio a tudo sem conseguir se deslocar.

A tropa já chegou com cassetete na mão, sem olhar para ninguém. Escudo, cavalo, fumaça, correria. Do jeito que caiu, Rosa ficou – as costas no muro, as pernas esticadas e a multidão passando por cima.

[Pai, pode crer eu 'tô bem, eu vou indo
'Tô tentando vivendo e pedindo
Com loucura pra você renascer...]

    Chorou pensando no pai, na mãe, no filho, sem saber se queimavam mais as pernas ou a solidão. Fechou os olhos, as lágrimas molhando seu peito e ela querendo ser toda água para se dissipar ali mesmo.

...

Diz que diz

– Sei não, Odete. Acho ela muito esquisita.

– Esquisita por quê? Cê implica muito, nunca vi coisa igual.

– Não implico nada, só presto atenção e tenho meus pensamentos. Minha mãe dizia que quanto mais a gente presta atenção, menos se mete em confusão. Tem que tá de olho em tudo, ter um pé atrás o tempo todo.

– Pé atrás com o quê, Irene. Rosa mora aqui faz mais de dez anos anos, cê nem tava no bairro ainda. Eu acompanhei de perto a luta dela, desde que o marido morreu. Coitada, o que essa mulher sofreu quando deu o filho pra irmã criar... E nunca teve outra coisa na vida, só trabalho. Trabalho e a igreja, que fui eu que levei e graças a Deus ela abraçou a palavra do Senhor. Até já falei que ela devia arrumar um companheiro, tá viúva faz tempo, podia se aconselhar com o pastor que ele ajudava, na igreja tem muita gente boa. Mas ela não quer nem ouvir, logo muda de assunto. Rosa é mulher direita, acredite, só tem cabeça pro trabalho, pro filho e pra casa dela.

– Ai, Odete, cê é muito boba. Cê acha que ela não quer nem ouvir por quê? Porque pra ela ninguém presta, isso sim. Rosa pensa que é melhor que todo mundo. Com você não, que cê ajudou muito ela, cês vão junto pra igreja, uma visita a outra e tudo mais. Mas já reparou que ela não tem amizade com nenhuma outra pessoa aqui do bairro? Não vai na casa de ninguém, não chama ninguém pra casa dela, nunca estica uma conversa, nem na fila do mercado, nem no ponto... a gente não consegue saber nada da vida dela.

– Mas, Deus pai, que cê quer saber da vida dela? Fofoca de patroa? Rosa não é disso, nunca foi. É o contrário, ela não fala de ninguém.

– Então, não tô dizendo? Não fala da patroa, nem da família, do filho, dela, nem de nada. Cê acha normal? Todo mundo aqui sabe da vida de todo mundo, a gente conversa, conta as coisas, conhece as histórias, discute. E ela, com aquela cara de santa, nun...

– Irene!

– Ai, desculpa. Cara de sonsa. Porque é só isso que ela faz, né?, cara de sonsa. Só sabe dar aquele risinho, faz que sim com a cabeça, mas não troca mais de três palavras. Bom dia, boa tarde, boa noite, verdade, nem me fale!, se Deus quiser – que mais que sai da boca dessa mulher, Odete? Nem chance ela dá de a gente perguntar alguma coisa, presta atenção! Parece que tá sempre fugindo.

– Deus que te perdoe! Cê tá é precisando frequentar mais a igreja pra limpar um pouco esse seu coração.

– Não me ofenda, que eu cumpro minhas obrigações e tô bem em paz com meu Senhor. Só que nem tudo na vida é de Deus, cê sabe disso. Põe a cabeça pra pensar, Odete. Ela não se mistura com a gente. Por que que nunca vai num aniversário, num churrasco, nada? Todo mundo já cansou de convidar, ela não vai, sempre dá uma desculpa. E por que que prefere ficar pagando conta sozinha, sustentando filho sozinha, em vez de arrumar um marido pra poder trazer o menino de volta? E tem mais uma coisa: eu entrei uma vez na casa dela, cê lembra, a gente tava junto, eu, você e a Neide, voltando da quermesse. Um frio de lascar, cê pediu sei lá o que pra ela, ela disse pra gente não ficar na porta, a gente entrou. Vou te dizer: foi a primeira vez na vida que eu vi uma viúva que não tem foto do falecido na sala. Até a Sueli, minha prima lá de São Miguel que cê conhece, faz mais de trinta anos que ela tá casada com o Luiz e ainda tem uma foto do Jorge na estante, a gente vê logo que entra. E olha que aquele era uma peste, viu? nem lembrança merecia.

– Me dá vergonha tudo isso que cê está dizendo, Irene. Cê não sabe o que Rosa passou, nem o que ela passa, nem a dor que ela carrega. Cada um lida com os problemas do seu jeito, ninguém tem que julgar – isso é tarefa de Deus, quando chegar a hora. E cê se prepare pra quando chegar a tua, porque só nessa conversa aqui cê já faltou com pelo menos três mandamentos do Senhor: não levantarás falso testemunho, guardarás castidade nos seus desejos e pensamentos, e não cobiçarás as coisas alheias. A Rosa tá é certa de não dar trela nem pra você nem pra ninguém aqui. É muita fofoca, muito diz que diz – cês só têm maldade na cabeça, veneno na boca e inveja no coração.

. . .

Desencanto

Rosa ia a Curvelo apenas nos meses de dezembro. Das férias a que tinha direito, tirava alguns dias, e os outros vendia para a patroa – assim, juntando com o décimo terceiro e pequenas reservas, comprava passagens, os presentes que adorava levar e ainda deixava com a irmã um dinheiro extra, além do contado de todo mês.

Ao rever o filho naquele ano, levou um susto – saí era menino, voltei já tá homem? Desde o último encontro com a mãe, Chico havia crescido mais de dez centímetros, e mesmo que ainda franzino, trazia agora o peito mais largo, a musculatura desenhada, uma penugem rala no rosto e certo descaso no olhar.

Mas não foram apenas as mudanças físicas que impactaram Rosa. Bastou um dia de convívio para que percebesse, nas frases evasivas e no comportamento distante do menino, um abismo instalado entre os dois. A falta de intimidade, antes camuflada pelas brincadeiras infantis ou por conversas triviais em ligações telefônicas precárias, agora emergia sem disfarces. Sorriso, toque, aconchego – nenhuma conexão parecia possível. Um estranho. Chico parecia um estranho.

Aturdida, Rosa resolveu que não esperaria outros doze meses para rever o filho – vou voltar em março, no aniversário dele... fazer uma festa de surpresa! E começou a construir mentalmente os detalhes: chegaria sem avisar, já trazendo tudo. Anunciaria o evento, chamaria os parentes e diria ao filho que convidasse os amigos da escola. O bolo seria bem grande e decorado, que nem o que dona Marta fez pros meninos uma vez: um campo de futebol com aquele açúcar verde, bonequinho de jogador, gol, bola, tudo! Prepararia sanduíches, enfeitaria a casa da irmã, sugeriria aos meninos uma partida de futebol no quintal, antes dos parabéns... soltaria fogos. Visualizou a admiração dos convidados, o orgulho do filho, o abraço redentor. Quase sorriu.

Mas bastou conversar com a patroa, assim que voltou a São Paulo, para reconhecer que seu desejo não passava de ilusão – dona Sílvia falou um monte de coisa, mostrou contas que Rosa não entendeu e disse que férias de novo, só em dezembro.

Apenas quando lhe ocorreu trocar a festa por um presente, sua frustração começou a ceder. Teria que ser um presente especial, diferente de tudo que já tivesse dado ao filho – diferente até do que tivessem os outros rapazes de Curvelo. Claro, padrinho, onde eu tava com a cabeça? Quinze anos, não quer mais festa desse jeito, bolo, parabéns, imagina! Deve estar é com cabeça de homem, pensando nas moças, bailinho, roupa bonita... Será que ele tá fumando escondido? Vou falar com a Odete, que ela já passou tudo isso com o menino dela.

Pelo novo plano, encontraria o presente dos sonhos do filho mas não enviaria pelos Correios no aniversário, como sempre fizera – mandaria um dinheiro a mais em março para Rosália, dizendo ser para Chico, e guardaria a glória da surpresa para vivenciar com o filho no Natal.

Passou meses idealizando a grandiosidade do presente. Conversou com amigas, visitou lojas, especulou com vendedores – até que descobriu o walkman. Odete, cê não acredita: é uma caixinha desse tamanho, ó, cê coloca a fita, aperta o botão e pode ir pra cima e pra baixo ouvindo a música! Cê já deve ter visto na propaganda... tem um fone pra por no ouvido, e um fio pra ligar na caixinha. E pode prender na roupa, assim, ou carregar na bolsa, o fio é comprido. Acho que só tem aqui em São Paulo, nunca vi lá em Minas... Chico vai adorar!

Encantada com sua descoberta, fez contas, emendou semanas sem folga no trabalho, economizou centavos, abriu um crediário, comprou. E guardou. E esperou.

Eram oito horas da manhã do dia vinte e três de dezembro quando Rosa desceu do ônibus em Curvelo. A chegada na casa de Rosália, o reencontro com Chico, as visitas aos parentes, o preparo das comidas para o almoço de Natal... tudo, o tempo todo, foi temperado com ansiedade e esperança. Esforçou-se para não antecipar o segredo à irmã, nem estragar a surpresa com algum comentário impensado. E manteve o presente bem guardado dentro de sua bolsa, no quarto.

Quando, na manhã do vinte e cinco, os sobrinhos começaram a se juntar para a brincadeira dos presentes, Rosa saiu do quarto com seu pacote azul e o mesmo sorriso das crianças. Sentado na soleira entre a porta da sala e a varanda, encostado no batente, Chico olhava a agitação dos primos com indiferença, manipulando a esmo um fio de palha entre os dedos. Ela se abaixou, fez um carinho na cabeça do filho e entregou o embrulho – pra você, Chico. É de Natal e de aniversário, que cê fez quinze anos e merece um presente de gente grande.

Chico mal tinha começado a desatar o laço e Rosa, eufórica, já desatava a fala da vendedora, enumerando sem pausas as qualidades do aparelho.

– Num precisa explicar, Rosa. Eu sei o que é walkman.

Ele então se levantou, deu alguns passos para dentro da casa, deixou o presente um cima da televisão e foi à cozinha pegar um copo d'água. Confusa, Rosa logo foi atrás, perguntando ao filho se não tinha gostado do presente.

– É legal sim. Só não sou muito ligado em música.

Tomou um gole da água e seguiu para o quintal.

Faxineira

– Maurício, estou pensando em dispensar a Rosa.

– Dispensar por quê?

– Não sei, tenho achado ela tão relapsa... A casa já esteve bem mais arrumada, você não acha? Hoje tenho que falar dez vezes a mesma coisa, pedir para refazer serviço... Isso quando não quebra alguma coisa – já perdi a conta das taças! Antes ela era caprichosa, tinha iniciativa, chegava cedo, sempre sorrindo. Agora vive com a cara fechada, a cabeça na lua, se arrastando, qualquer coisa que eu fale parece que estou pedindo favor.

– Ah, Helena, não exagera! Ela está com a gente faz tempo, é de confiança. Releva um pouco, todo mundo tem altos e baixos.

– Eu sei, amor, mas não é de agora. Nem lembro quando foram os últimos altos dela. Sem falar nessa história de adiantamento, né? Uma vez ou outra, tudo bem, mas de uns tempos pra cá é praticamente todo mês – e ainda fica rolando a dívida, pede para eu ir descontando aos poucos... Tenho cara de banco agora?

– Com quantos anos ela está? Sessenta e seis, sessenta e sete?

– Não, menos. Uns sessenta, eu acho.

– Pensei que fosse mais. Por que você não conversa com ela?

– Já conversei, e aí que fiquei mais encanada. Ela tem falado muito do tal Chico, filho dela. Você sabia que ele está morando aqui em São Paulo? Faz uns dois anos já. E ela tá preocupada, acha que ele está metido com gente que não presta...

– Até onde eu sei, esse rapaz nunca andou na linha.

– Sim, mas uma coisa é ser meio vagabundo, outra é virar bandido. E se ele resolve aparecer aqui em casa?

– Calma, Helena, também não é assim. Ele nem deve saber onde a gente mora.

– Não sabe onde a gente mora mas sabe que a gente tem mais grana que ele, né? Vai que virou bandido mesmo... Pode muito bem seguir a mãe até aqui. A gente precisa se ligar, Maurício, essas coisas acontecem todos os dias, você não vê no jornal?

– Já arrumou outra?

– Empregada?

– É.

– Não, estou pensando em faxineira, duas vezes por semana. Seus meninos já estão grandes, vêm cada vez menos aqui. E a gente fica fora o dia inteiro, qual a dificuldade desse apartamento? Comida a gente compra, sai pra jantar, contrata alguém se precisar de alguma coisa mais especial...

– Bem, pode ser. De repente sai até mais barato. Ela já tem tempo para se aposentar?

– Não tenho certeza, acho que não. A gente organizou a papelada dela, lembra?, logo que ela entrou aqui? Uma das patroas nunca tinha registrado, a outra não recolhia o INSS, uma confusão. Mas também não é assunto nosso, a gente fez nossa parte. Como diz a Helô, empregada é pra resolver problema, não pra criar.

– Ok, você que sabe.

– Ótimo! Amanhã mesmo começo a procurar. Me serve um pouco mais de vinho, please?

A cria

Quando completou vinte e um anos, Chico anunciou que sairia de Curvelo. Rosália, ainda com seus cinco dentro de casa, não se opôs – gostava do sobrinho, mas no fundo acreditava já ter cumprido sua missão. Tanto tempo dando a ele tudo que dava aos filhos, até amor tinha dado igual! Mesmo na dificuldade, o marido sem carreto, a roça no estio, jamais havia feito diferença – se tinha pra um, tinha pra todos. Verdade que Rosa nunca faltou com dinheiro, e todo Natal trazia comida, presente, vinha carregada. Mas criar filho não é só dar as coisas, né? Inda mais filho homem, chega uma hora ninguém segura. Não fosse o Manuel... Pros meus ele não abre a boca, que não é jacu e sabe que eles têm pai, mas pro Chico sempre achei foi bom ele falar as coisas. Menino mais calado, a gente nunca sabe o que tá pensando! O Dito, que devia, nunca quis saber, não me meto, esse moleque é assunto teu e da tua irmã. Não se mete... não se mete nem com os nossos, isso sim, pra cima e pra baixo naquela boleia. Mais um pra eu cuidar sozinha? Manuel é azedo mas pelo menos dá atenção ao menino. Puxa assunto, explica essas coisas de homem, ensinou a lida, ensinou pescar, dava bronca quando Chico era pequeno e fazia malcriação. Rosa que me perdoe, nunca entendi essa cisma dela, ele é tio que nem eu, qual o problema? Também não pergunto muito, nem quero saber, cada um com seu entendimento. E se sou eu que crio, eu que sei o que é melhor pra ele.

– Ô de casa, pode entrar?

– Passe, cunhado! Chico tá lá no fundo ajudando Toninho, foram castrar um leitão.

– Vi de longe, mas não vim falar com ele, vim falar com você. Licença.

Nem bem entrou e já foi começando, seco e afiado como de costume. Que o sobrinho tinha encasquetado com essa história de ir embora, que imagine o moleque não sabe nada da vida, vai fazer o que em cidade grande, castrar porco?, que o lugar dele era em Curvelo, que a gente cuidou desse menino todo esse tempo, ele não pode largar a gente assim, que ele não tem ideia do que é a vida lá fora, que não vou deixar de jeito nenhum.

Rosália ouvia calada e assim ficou por alguns instantes mesmo depois de Manuel se aquietar.

– Sente aí, tem café fresquinho.

– Obrigado, prefiro de pé.

– Mas eu prefiro que se sente, e se tá na minha casa, não vai fazer desfeita.

Andou até a cozinha, pegou o bule que descansava sobre a chapa quente do fogão a lenha e encheu de café a caneca esmaltada de branco, com bordas azuis e desenho de flores.

– Rosa que me deu, só uso pra visita.

– Quê?

– A caneca, Rosa trouxe no Natal, uma dúzia inteira. Acho linda.

Manuel ameaçou um sorriso, ajeitou-se na cadeira, entre curioso e incomodado e, fitando o piso cerâmico, começou a tomar seu café. Nos poucos e rápidos momentos em que levantou o olhar, percebeu o semblante rijo e a boca crispada da dona da casa, sentada à sua frente e de novo em silêncio. Não conseguia decodificar aquela suspensão. Tomou o café em poucos goles, e assim que apoiou a caneca vazia na cadeira a seu lado, Rosália falou:

– Lembro até hoje da primeira vez que cê veio aqui, Chico tinha chegado não fazia nem um mês. Cê veio desse mesmo jeito, ô de casa!. Levei um susto, e mesmo a gente não sendo parente eu abri essa minha porta pra você. Todos esses anos ela ficou aberta. Cê veio quando quis, vinha, falava, dava palpite, saía com o menino. Nunca proibí porque achava que cê tinha direito, é tio que nem eu e sempre quis o bem de seu sobrinho. Agora, com todo respeito, já que falou o que tá na tua cabeça, vou falar o que tá na minha. Primeiro de tudo, quem criou esse menino fui eu. Sei que cê ajudou e sou muito agradecida, mas quem deu cama, comida, botou na escola, levou na igreja, cuidou de febre, de ferida, limpou a bunda, tudo fui eu. Todos esses anos, dia e noite. Então ninguém mais que eu sabe o que é melhor pra ele. Chico já tem vinte e um anos, é homem, do mesmo jeito que Zé Pedro era homem quando foi-se embora daqui com minha irmã. E até onde eu sei, você mesmo que tinha botado essa ideia na cabeça do teu irmão, de ir embora de Curvelo, ter uma vida melhor, Rosa sempre falou. Nem sei se cê queria que ela fosse junto, vai ver que é por isso que ela tem essa cisma... Por que que agora mudou de ideia? Por que com Chico tem que ser diferente?

Rosália levantou, deu um passo em direção a Manuel, estendeu o braço e, com o dedo apontado e os olhos em faísca, seguiu: eu posso ser tia, cê pode ser tio, mas se tem alguém que é mais família que nós dois é a mãe dele. E se ele quer ir pra perto da mãe, o assunto é dele. E mesmo se não for pra perto dela, se quiser ir sozinho pra outro canto, tá certo do mesmo jeito, ninguém tem que atazanar. Tá mais que na hora desse menino achar um caminho. E se cê gosta ou não gosta, tanto faz.

Nem bem ela terminava de falar e Manuel se levantou, peito inflado, rosto vermelho e respiração oscilante. Cara a cara com a cunhada, não teve tempo de começar uma frase – sem mesmo piscar, Rosália ergueu o queixo afilado e com um pequeno aceno de cabeça, logo disse: Agradeço a visita.

O ruído das panelas

Estava há quatro anos na casa dona Sílvia e ainda chorava a saudade de dona Marta. Pensava quase todos os dias no seu Mário, nos meninos. Quem podia imaginar? Uma mulher bonita daquela, nova ainda, uma vida pela frente! E tão boa – boa mãe, boa patroa, boa filha, sempre ajudando todo mundo. Como pode, uma doença dessa? Coitada, aguentou tudo mesmo sabendo que não tinha jeito, aquele monte de remédio, tratamento, hospital... tava tão mirradinha quando se foi, nem cabelo tinha mais, umas olheiras de dar dó. Ô, meu Deus, me perdoa, mas ela não merecia tanto sofrimento!

Após a morte da esposa, o ex-patrão havia decidido vender a casa e mudar-se para a fazenda do Pantanal. Desfeito o elo que unia a empregada à família, em meio a muito choro Rosa foi dispensada, já que também os filhos de dona Marta tomariam outros rumos: Marinho, o mais velho, ficaria em São Carlos, onde cursava a universidade; Ricardo, que nunca havia gostado dos estudos mas adorava a vida no campo, acompanharia o pai; e Henrique, o caçula, iria morar com os tios, também padrinhos, que insistiram em cuidar do afilhado até a vida adulta.

Conviveu com a saudade da ex-patroa ainda por muito tempo – a primeira pessoa a lhe dar oportunidade de trabalho quando chegou a São Paulo, e com quem ficou por quase treze anos. Foi com dona Marta que Rosa conheceu fogão a gás, aspirador de pó, máquina de lavar roupas e ferro elétrico; aprendeu a arrumar mesa bonita, cozinhar comida chique, usar garfo e faca, e também modess, desodorante e batom. O enxoval do Chico, a pensão do Zé Pedro no INPS, o tratamento da minha perna depois daquela confusão lá no terminal, tudo isso foi dona Marta. Ela sempre me estendeu a mão... que Deus a tenha, e tenha sempre olhos pros meninos dela!

O menino de dona Sílvia chamava-se Rodrigo, e estava com quase seis anos. Rosa adorava quando ele a chamava de Nãna, Nãããããnááááá!, nunca tinha tido apelido, achava bonito aquele. Afeiçoou-se à criança não apenas pela intensidade da convivência – agora dormia durante a semana no emprego, só voltando para sua casa no sábado de manhã – mas por ver no garoto um pouco dos filhos de dona Marta, e também um pouco de seu próprio, Chico.

Era noite de terça-feira, começo de outono, pouco depois das vinte horas. A família já tinha jantado e Rosa, cantando com o radinho de pilha, terminava de arrumar a louça. Dona Sílvia entrou na cozinha, pegou uma panela e uma colher de pau, deu à empregada e pediu que ela descesse com o menino para o jardim do prédio. Tá toda criançada lá embaixo, Rosa. Leva o Digo também, vocês ficam batendo panela e a gente fica aqui piscando a luz da sala.

Não entendeu. Abaixou o volume do rádio, abriu a janela da cozinha, colocando a cabeça para fora, e então ouviu o barulho que se intensificava no bairro.

– Que que tá acontecendo?

– Ô Rosa, não tá ouvindo? Diretas-já, tá todo mundo batendo panela.

Olhou novamente para fora, centenas de luzes piscando nos

prédios do entorno, o som ardido e descompassado das batidas no metal cada vez mais forte.

– A senhora desculpa, mas não sei disso não, e também não quero saber. Não entendo dessas coisas e não gosto de confusão.

– Imagine, Rosa, não tem confusão nenhuma! Acha que eu ia mandar o Digo pro meio de alguma confusão? A noite tá quente, a meninada tá lá brincando, se divertindo, é aqui dentro do prédio mesmo. E também não é pra demorar, dez, quinze minutos e vocês já sobem.

Sentiu os pés latejarem e um peso se amarrar na garganta. Vieram as imagens, o motorista de ônibus gritando, as pessoas correndo por cima de suas pernas, os cavalos, os cassetetes. Lembrou de dona Marta fazendo curativos em suas feridas, seu Mário chamando o cunhado médico. Precisou respirar fundo para impedir as lágrimas, que acabaram rebentando enquanto falava:

– Dona Sílvia, eu já aprendi que essa coisa de política só serve pra dois tipos de pessoa: pra quem é rico, ou pra quem é forte. E eu não sou nem uma coisa nem outra. Então a senhora me perdoa, mas eu vou é pra minha cama mesmo, que já tá tarde e tô muito cansada. Licença. Boa noite.

...

Chico

– Quem cê pensa que é? Cê num é meu pai, não, cê num manda mais em mim, chega! Agora quem manda em mim sou eu. A vida toda, todo mundo aí se achando mãe, pai, irmão, dando palpite sem perguntar nada, que que eu penso, que que eu quero, nunca ninguém quis saber. Família... família de bosta. Num tenho pai nem mãe, tô sozinho nesse mundo e num preciso mais de favor de ninguém. E nem vem com essa conversa que cê me entende. Só porque tua mãe também te largou quando cê era pequeno cê acha que a gente é igual? A gente num é igual porra nenhuma, tua mãe foi embora mas cê tinha pai, irmão, tinha tua casa. E o vô pode ter caído na cachaça mas nunca arredou o pé, sempre ficou aqui do teu lado. Deixou cê fazer o que cê quis, na casa, na roça, mandar e desmandar em tudo, até no meu pai cê mandava – pensa que eu num sei que foi você que correu com ele daqui? Se não fosse por tua causa, meu pai tava vivo e tava aqui em Curvelo, isso sim. Fazer a vida... Por que que ele que tinha que fazer a vida em outro lugar? Por que num foi você que saiu? Ele já tava com a Rosa, podia ficar na casa, cuidar do vô, cê seguia teu caminho. Mas cê não queria ele aqui, né? Por quê? Tava com inveja que ele já tinha arrumado mulher? Ou queria ficar com a casa só pra você?

–

– Num calo porra nenhuma, vem aqui calar se é macho. Tô de saco cheio. Vive falando, falando, cê só fala, nunca ouve. E nunca quis ouvir. Acha que só você sabe tudo? Num sou mais criança não, tenho cabeça pra pensar e braço pra brigar. Já fiz minha escolha, vou picar a mula, sair desse cafundó, sumir da vida de todo mundo. E nem adianta fazer cara de cu que eu sei que cê num tá nem aí. Nem você nem ninguém, tudo fingido. Rosália tá dando é graças a Deus. Coitada, até tenta disfarçar, mas tá na cara que só ficou comigo esse tempo todo de favor. E favor comprado, né? Queria ver se a Rosa num mandasse dinheiro, quanto amor que ia sobrar. Cê também, com esse papo de pai. Pai o escambau, cê num gosta de ninguém, nunca gostou, só gosta é de mandar. No vô, no teu irmão, em mim, se fosse cachorro também servia. Mas agora que tá ficando velho, tá se cagando, né? Num quer morrer sozinho nesse fim de mundo. Pois o problema é teu, tenho nada a ver com isso. Num fui eu que escolhi tua vida, num é você que vai escolher a minha. Quero mais é que se foda. Dez anos que tô juntando grana pra me mandar daqui – dez anos, sabe que que é isso? Chegou a hora, mané, ninguém vai me segurar. Passo por cima de quem for e nem olho pra trás.

...

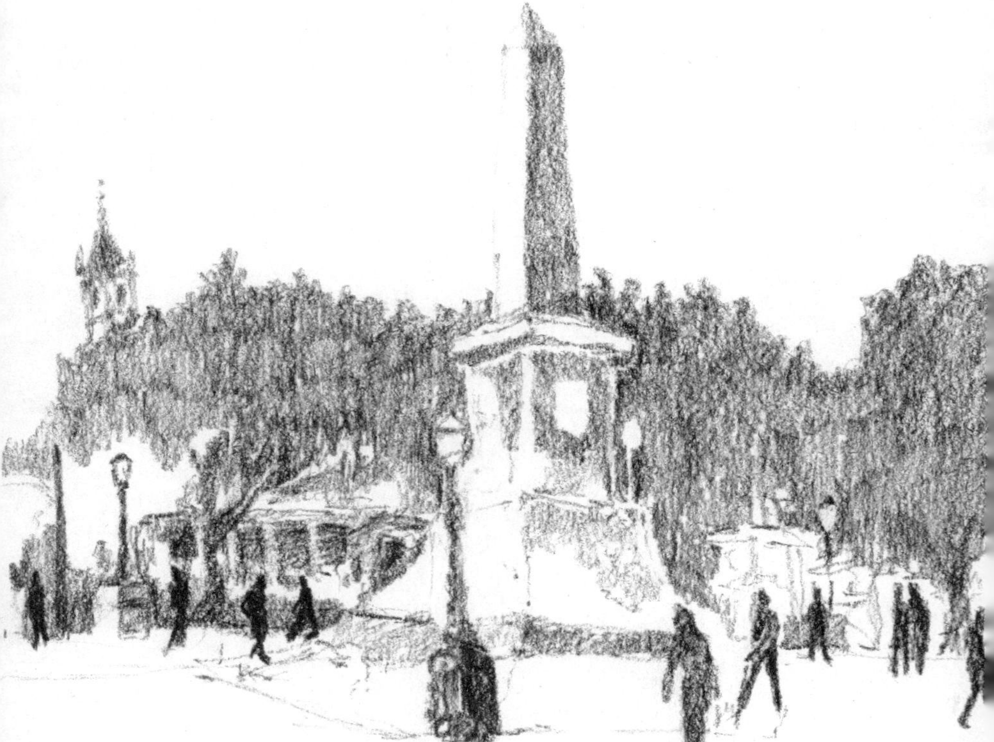

A primeira vez

– Francisco dos Santos Pereira.
 –
   – Vinte e três.
 –
   – Curvelo, dezoito de abril de mil novecentos e sessenta e nove.
 –
   – José Pedro Pereira e Rosa Antonia dos Santos.
 –
   – Rua do Juramento, seiscentos e trinta fundos, Padre Paraíso.
 –
 – Aqui em Belo Horizonte.
 –
   – Só de recado. Sete dois um, vinte e três, vinte e sete. Tem que botar o trinta e oito na frente.
 –
   – Serviços gerais.
 –
 – Sou ajudante.
 –
 – De pedreiro, pintor, limpeza.
 –
 – Não tenho carteira, trabalho por conta.
 –
 – No momento tô procurando.

– Tava só descansando. Tinha andado o dia inteiro.

– Não sabia que era proibido.

– Não tô de vadiagem, doutor. Falei que tô procurando serviço.

– Sei nada disso não.

– Doutor, não conheço ninguém aqui no centro. Só vim pra esses lados porque é melhor pra arrumar serviço.

– Nunca ouvi falar.

– Também não.

– Doutor, acredita em mim, ralei o dia todo pra cima e pra baixo, só sentei na praça pra descansar um pouco.

– Como é que eu vou saber? Essa praça é cheia de gente indo pra lá e pra cá todo dia, um que passa, um que senta, um que levanta, confusão normal. Não vi nada estranho não.

– Aí já não tô sabendo. Só se foi lá do outro lado, né?, a praça é grande. Perto de mim não vi nada.

– Tô falando que sou trabalhador, doutor. Seu colega que me

trouxe aqui pegou meu documento, viu que eu tô limpo.

—

– Tá certo, doutor, entendido, é seu trabalho.

—

– Pode deixar.

—

– De acordo sim. É aqui que eu assino?

—

– Tô liberado?

—

– Tá certo, doutor, pode confiar.

—

– Obrigado, boa sorte pro senhor também. Bom trabalho aí, cês vão pegar o cara logo, boto a maior fé.

—

– Valeu.

***

Filho da puta.

...

Padrim

– Tô precisando de dinheiro, Jeremias disse pra eu falar com você.
– Precisando de dinheiro pra quê, moleque?
– Assunto meu.
– Se quer assistência, assunto teu é assunto meu.
– Problema de família. Quero ajudar minha mãe.

Tinha onze anos. Começou levando recados e trazendo lanches. O jeito determinado, com olhos alertas e boca calada, agradou o gerente, que logo se apegou ao menino. Cê tem cabeça boa, pivete, se não fizer besteira vai longe. É longe mesmo que eu quero ir, respondeu Chico certa vez. Então vamo junto.

Deuzeles já tinha entendido que Curvelo era pequena demais para ter dois donos. Em poucos anos passaria a gerente-geral, tinha certeza – levava seus meninos na rédea curta, controlava tudo com honestidade, recebimento, pagamento, sua boca era a única que nunca tinha dado problema pro patrão. Mas e depois? Era grato ao Turco, a quem devia tudo que conquistou, mas não queria passar o resto da vida debaixo da asa dele, e por respeito também não ia criar disputa. Em Belo Horizonte, sim, poderia crescer – cidade grande, ele já tinha entendimento do negócio, contato com uns cabras, se estudasse bem o território já dava pra chegar de patrão. Mas não podia ter pressa – tinha que planejar direito, montar equipe de confiança, devagar e com cabeça fria, que nem o Turco quando começou.

Gostei desse Chico.

Vapor barato

Chegou a Belo Horizonte trazendo na mochila dois mil cruzeiros, algumas peças de roupa e um envelope escrito à mão pelo próprio Turco, contendo uma carta de recomendação e o endereço de quem o receberia.

– Se veio com carta de chefia é porque tem merecimento.

Sabia que tinha. Durante todo tempo em Curvelo, jamais havia cometido um erro sequer. Dois anos no corre, dois de avião, três de fiel, três de vapor. Nenhum tropeço. Um caminho inteiro planejado em detalhes e com orientação de Deuzeles.

– Vapor só quando for de maior.

– Qual é, pai? Já disse que num sou otário, tô fora de bagulho. Meu negócio é grana, e de fiel tô ganhando uma merreca. Melhor continuar de avião.

– Sossega, truta, cê ainda vai ganhar muito dinheiro. Tá tudo na minha cabeça, já falei, só tem que ter calma. Te botei de fiel pra tua família não ter desconfiança. Quando cê era pequeno ninguém ligava, podia correr pra cima e pra baixo que era brincadeira de moleque. Mas na tua idade é diferente, o povo fica de olho, quer saber o que tá fazendo, com quem tá metido... não pode dar trela. Quando cê fizer dezoito, te ponho de vapor, já falei com o patrão. Aí é menos risco.

– E BH?

– Porra, Chico, de novo? BH tá de pé, mas não é assunto pro momento.

– Cê já falou com o Turco?

– Tô dizendo que cê é afobado... Vou adiantar conversa pra quê, moleque? Tem tempo ainda. Até lá cê tem é que fazer teu trabalho direito, do jeito que eu ensino. Olho aberto, butuca ligada e bico calado. Obedece tua tia, teu tio, seja bom pra tua família, termina tua escola, não caça confusão. Tudo tem sua hora. Vou te botar de vapor, cê vai aprender a função, vai ser o melhor de Curvelo. E aí a gente fica com cacife pra negociar. O Turco é sangue bom, vai dar a benção, cê tenho certeza. Cê vai pra BH de gerente – e eu chego na sequência pra montar nosso negócio.

...

A virada

Quem ele pensa que é? Ninguém nunca abriu a boca pra falar da Rosa, todo mundo respeita, o vô, os tios, nem a intriguenta da mulher do Reginaldo nunca falou nada dela. Até a Rosália, podia tá reclamando de me criar, mas vive Deus abençoe Rosa, Deus proteja minha irmã, que conversa é essa agora? Num fala do Zé Pedro porque passou muito perrengue, deve até ter raiva, num fosse pau d'água num tinha morrido nem deixado filho pra ela criar sozinha. Estovado. Ela devia era ter largado dele quando começou a ficar bicudo. E por que que num voltou depois do acontecido? Isso é que num sai da minha cabeça, todo mundo aqui, ficou em São Paulo por causa de quê? Tivesse voltado podia morar com Rosário que nunca casou, ou com Rosália, num ia faltar ajuda. E mesmo se era caso de obrigação com a patroa, podia ter feito um acerto. Paletó. São Paulo faz frio, é cidade grande, o povo num usa roupa de capiau. E que que Manuel sabe da vida deles, num tinha botado os dois pra correr daqui? Vai ver o paletó era pra procurar emprego, todo mundo se enfeita quando vai pedir trabalho. Nunca contou que tinha ido ver a Rosa depois do acontecido... mó de que ficou encasquetando esse tempo todo? E se foi, por que num trouxe ela de volta? Macho mesmo tinha cumprido a obrigação do irmão, catava eu e a Rosa e vinha cuidar da gente. Vai ver ela tinha direito na casa e ele ficou de bico calado, deve até ter aconselhado de ela ficar em São Paulo, assim continuava dono sozinho. Esses anos todos só fazendo visita, dando palpite... nunca tirou um puto do bolso e agora quer falar grosso? Rosália é outra também, num põe um tostão que eu sei, Rosa que paga tudo. Apesar que num é porque paga que é santa, né?, o filho é dela, se deu pra irmã criar tem mais é que mandar o dinheiro. E deve ganhar bem, sempre chega carregada de presente, um monte de história de patroa, de faxina, criança, ninguém é coió de ficar pagando conta do filho dos outros. Mas que pode ter homem, isso pode, vai ver já tinha mesmo antes do marido morrer, tanta cachaça aquele Zé Pedro num devia nem dar no couro mais. Vagabunda. E eu aqui ralando, juntando dinheiro pra comprar uma casa só pra nós. Ninguém presta mesmo.

Galo de briga

Com a benção do Turco e a proteção de Deuzeles, em pouco tempo Chico ocupou seu espaço em Belo Horizonte. O episódio na Praça Sete, dois anos após sua chegada, acabou impulsionando ainda mais sua ascensão, pois despertou no protetor o medo de perder a cria.

– Tem que ficar moita, Chico, já falei mil vezes.

– Tô sempre na miúda, Zeles, mas tenho que ter olho em tudo, cê mesmo diz. Um dos moleques tava de sacanagem, tinha que enquadrar, deram a fita que ele fazia ponto na praça. Assim que me viu o mané vazou, saí rasgando atrás, mas aí o povo logo apavorou, começou a gritar, virou zorra. Tem sempre uma pá de gambé ali do lado, resolveram catar uns dez pra mostrar serviço, rodei. Mas saí liso, fiquei até chapa do delegado.

– Chapa porra nenhuma, ninguém é chapa de samango. E não vou correr risco por conta de pivete rato. Tá na hora de mudar o esquema. Qual é teu melhor vapor?

– Vadão, tá comigo desde o começo.

– Cê confia?

– É braço, topa qualquer parada.

– Pra eu botar de gerente, tem que me garantir que é sangue bom.

– Tá de sacanagem, Deuzeles? Vai me tirar por causa de uma bosta de uma geral, que nem deu xiz?

– Cala essa boca, Chico, tá me estranhando? E baixa essa voz. Que sujeito cismado, qualquer coisa já acha que tão querendo te foder. Guarda isso pros outros, comigo é confiança e respeito. E primeiro ouve, depois fala.

– Desculpa.

– Tô cansado. Cansado da rua, cansado da lida, não aguento ficar pra lá e pra cá. O negócio tá indo bem, e eu não vou vacilar agora. Tua boca tá tinindo, as outras tô acertando, o Gringo e o Alan já pegaram o jeito, logo, logo tão que nem você. E até o fim do ano vou ter mais uma, tô vendo o ponto, uma parada com uns trutas que o Bigode indicou. Quero tirar a família de Curvelo, Chico, trazer pra cá, dar moradia boa. Minha filha tá moça, começando a se ligar, tenho que ficar esperto. Não quero ela nesse negócio, nem quero malaco ciscando. E ela tem essas ideias de estudo, a mãe fica dando corda, melhor vir todo mundo junto de uma vez. Já tomei minha decisão, vou me aposentar e cê que vai dar sequência – te passo as quatro bocas, cê vira gerente-geral. Tá tudo calculado, quanto me entrega todo mês, quanto tira pra você. E daí pra frente, o que cê crescer a gente faz outra conta, não vou negar o que for merecimento teu.

– Desculpa de novo.

– Acho bom ser desconfiado. Mas não comigo. Quem te fez fui eu, não esquece disso.

– Num esqueço não. E confio pra cacete em você, Zeles, cê sempre foi pai pra mim. Vou ser sempre agradecido. Tô feliz que num me aguento, achei que ia demorar um monte ainda. Obrigado mesmo. E fica tranquilo que nunca vou te deixar na mão.

– A vida me tirou um filho, Chico, já te contei essa história. Mas me trouxe outro. Cê não tinha nem um metro e meio quando veio pedir ajuda, parecia um frangote querendo cantar de galo. Nem parece que já faz... quanto, dez, doze anos? Aquele dia mesmo alguma coisa me disse que cê tinha vindo pra ficar.

– E vim, Zeles. Tamo junto até o fim.

...

– E o safado, conseguiu enquadrar?

– Esse não pia nunca mais.

· · ·

O que se foi

A chita colorida contrastava com a aridez do ambiente, generoso em espaço e precário na ocupação. A madeira, pesada e escura, acusava a baixa qualidade dos poucos móveis, denunciando a aspereza daquele cotidiano: encostada à direita, uma pequena mesa quadrada e duas cadeiras; ao fundo, um armário baixo com portas de vidro, apoiando a televisão; na parede oposta, embaixo da janela, a cama que servia também como sofá. E à esquerda, lado a lado, duas portas um dia vermelhas que levavam ao banheiro e à cozinha.

Deitado sobre a colcha, Chico tinha os olhos cravados na lâmpada que, suspensa pelo fio que saía do teto, projetava uma luz hesitante no chão de cimento. Desde que chegara, há quase um mês, seguia repisando em silencioso moto-contínuo a discussão tida com Rosa ao telefone poucos dias antes de deixar Curvelo. *Tudo culpa daquela Rosália linguaruda. Que que tinha que fazer intriga? Manuel, ela, quero mais é que todo mundo se foda, já disse que eu vou pra onde eu quiser e faço o que eu quiser, num tenho que dá satisfação pra ninguém. Devia era ficar feliz, a Rosa, num precisa mais mandar dinheiro... São Paulo. Por que num me levou pra São Paulo antes? Só teve ideia depois que eu resolvi vazar? Tivesse pensado nisso lá atrás tava tudo diferente. Vou fazer o que agora, jogar dez anos no lixo, deixar o Zeles na mão, ir lá ficar com ela só porque ela é mãe? E eu, num sou filho não? Ela num tem moral pra cobrar nada. Nunca me escolheu, num tenho obrigação de escolher ela. E que que eu vou fazer em São Paulo, trabalhar de peão e rezar na igreja? Agora já era. Cada um que siga seu caminho.*

Na praia

Nunca tinha visto o mar de perto, mas teve certeza de que aqueles olhos tinham a cor do mar. E que o sorriso era que nem a lua, crescendo e iluminando todo salão. O cabelo preto, liso e comprido, refletia as lâmpadas coloridas do pequeno palco improvisado onde músicos amadores se revezavam cantando MPB, pop e sertanejo.

Observava de longe. Ela estava sentada em uma mesa de canto com outras três, todas rindo, cerveja na mão. Quebrava a cintura no ritmo da música, balançando os ombros nus, às vezes jogando a cabeça para trás.

Tomara que caia.

A troca de olhares durou quase uma hora – tempo necessário para Chico tomar algumas doses de cachaça e outras de coragem. Levantou-se, caminhou até o outro lado do salão e, sem dizer uma palavra, tirou a moça para dançar.

[Foi a primeira vez
A mais forte talvez
Que alguém fez meu coração
Bater descompassado assim

Foi um tiro no olhar
Tanta pressa de amar
E uma febre tão louca

Queimava na boca
Tive que me entregar
Foi a primeira vez
Quem sabe nunca mais
Pois ninguém soube arrancar de mim
A falta que você me faz

Fiquei tão preso nesse amor
Que não consigo me soltar
Quem vai secar meus olhos
Que estão cansados de chorar o mar]

Fechava os olhos e via estrelas, abria e mergulhava no mar. Zonzo, tentava disfarçar as mãos suadas, os passos tímidos e o peito que pulsava em ritmo próprio, descompassado da música e do coração. Sentia gosto de álcool, cheiro de flor, vontade de rir, vergonha de falar.

Rabo de saia.

Muitos beijos, poucas palavras. Nunca um gosto tão doce, uma pele tão macia. Nunca tanto prazer.

Rabo de saia. Tomara que caia. Na minha praia.

. . .

Reza

*Não pode ser. Não pode ser. Não pode ser. Não pode ser. Não pode ser.
Não pode ser. Não pode ser. Não pode ser. Não pode ser. Não pode ser.
Não pode ser. Não pode ser. Não pode ser. Não pode ser. Não pode ser.
Não pode ser. Não pode ser. Não pode ser. Não pode ser. Não pode ser.
Não pode ser. Não pode ser. Não pode ser. Não pode ser. Não pode ser.*

Hierarquia

– Tem alguma coisa pra falar, Chico?
– Tenho não. Tudo nos conformes.
– Certeza?
– Certeza, tudo branco. Os moleques tão espertos, trampando direito, batendo meta. Faz tempo que não tem ramelada. Depois que cê pegou o bota-fora pra cuidar das ajudinhas, ficou sussa.
– E esse cheiro de treme-treme aí?
– Qual é, Zeles?
– Vai, que eu te conheço... desde quando cê anda perfumado? Tem mulher na parada, pode abrir o bico.
– Que mulher nada. Sou chefia, tenho que botar respeito. Não posso andar caído.
– Respeito... Deixa de ser coió, pensa que eu nasci ontem? E eu vou achar é bom se for mulher, tá mais que na hora de cê arrumar uma.
– ...
– Desembucha.
– Ah, tem uma mina aí que eu tô saindo. Linda pra caralho, pai, tipo cavala mesmo.
– E aí?
– Ah, e aí tamo ficando, vamo ver. Tô maneiro. Ela não é tchôla não, tem que ir devagar.
– Ih, conheço essa história – se quer ir devagar, tá querendo ir longe. Conheceu onde?
– Num bar aí, já tem um tempo. A gente ficou se olhando,

chamei pra dançar, rolou um clima... desde esse dia a gente tá se encontrando.

– E o que que cê fala pra ela?

– Como, que que falo? Não falo nada, ora, que que eu ia falar?

– Sei não... Já vi muito mané se foder por causa de boceta.

– Sai fora, Zeles, não sou otário. E a mina é séria, não é só pra trepar não. Tem pai e mãe, tá estudando pra ser enfermeira. Se a gente continuar vai ser que nem você, família é família, trabalho é trabalho, uma coisa não tem nada a ver com a outra.

– Acho bom. E que história que cê contou então?

– Falei que trabalho com vendas. Representante comercial.

– Hum.

– Zeles, tua família nunca desconfiou?

– Não.

– E que que cê dizia pra eles?

– Ah, variou. Teve tempo que eu mexia com boi, depois pedra, carro. E agora que aposentei tá sossegado. Já levou a garota na tua casa?

– Puta, nem me fala.

– Não tem coragem, né? Quantas vezes já te disse? Quatro anos aqui e cê continua naquele muquifo. Vê se agora arruma um lugar decente pra você, com cara de casa, bairro bom.

– Tô pensando.

– Tô pensando, tô pensando... Deixa de ser sovina, Chico. Cê já tem condição, não é mais moleque pra ficar enterrando dinheiro. Não acabou de falar que é chefia? Então, se comporte como chefe, organiza tua vida.

– Tá certo, vou fazer isso.

— Agora presta bem atenção no que eu vou dizer: a cabeça fica em cima e o pau embaixo porque é a cabeça que manda. Entendeu? Fico feliz que cê esteja gostando da moça, e se for boa mesmo tomara que cês se ajeitem. Mas não pode dar mole. Todo casal um dia vai ter suas brigas, e cê não pode tá na mão de ninguém. De ninguém, tá me ouvindo?

— Tô ouvindo, Zeles, pode deixar. Não esqueço não.

— Minha filha também tá estudando pra ser enfermeira. Deve estar na moda.

— Sei lá, acho que é coisa de mulher. Como chama tua filha?

— Simone.

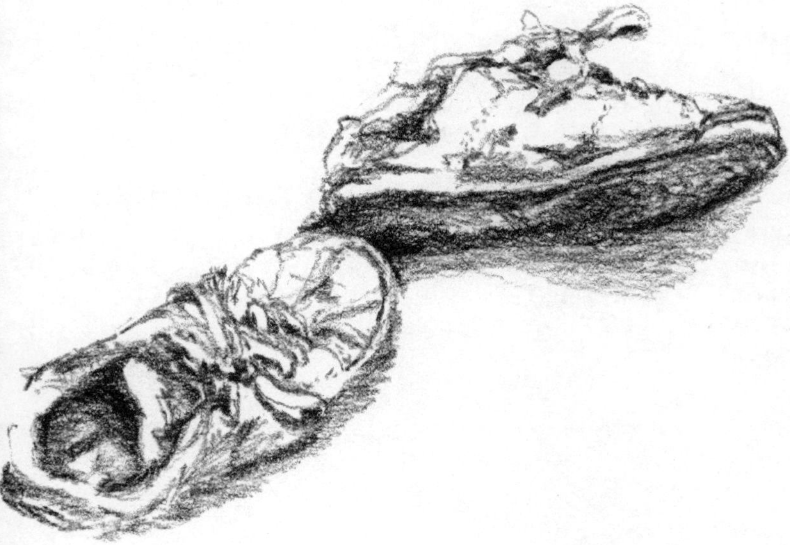

ZELES SE NUM VAI INTENDE NEM EU TO INTENDENDO.
A GENTE TENTA MAS NUM INTENDE E QUANDO PENSA
QUE INTENDE AI VE QUE NUM INTENDEU NADA E QUANDO
ACHA QUE TUDO VAI MELHORA FICA UMA MERDA DE NOVO.
VEM SEI PORQUE QUE EU TO ESCREVENDO SE EU NUM
SEI ESCREVE DIREITO MAIS ACHO QUE EU NUM IA
CONSEGUI FALA.

CÊ TEM QUE CONFIA EM MIM ZELES E ACREDITA EM MIN
EM 15 ANOS QUE TAMO JUNTO E EU NUNCA TE DEIXEI NA
MÃO. CE ME CRIO ME AJUDO E EU SÓ CHEGUEI ONDE EU
CHEGUEI POR TUA CAUSA MAS NUM POSSO MAIS FICA
AQUI E CÊ NUM PODE PERGUNTA NADA PORQUE EU NUM
POSSO ISPLICA. NUM É ~~POROBLEMA~~ COISA DO TRAMPO
EU NUM QUERIA IMBORA MAIS NUM TEM OTRO JEITO.

EU TE RESPEITO MUITO ZELES, CE É UM PAI PRA MIM
E UM PAI QUANDO É PAI DE VERDADE A GENTE RESPEITA
E OBEDECE. SE DEPENDESSE DE MIM EU NUNCA QUE IA
EMBORA NEM IA LARGA O NOSSO NEGÓCIO MAS NUM
DEPENDE PORQUE NA VIDA A GENTE NÃO ESCOLHE.
QUER DIZER AS VEZES ESCOLHE MAS TEM QUE ESCOLHE
O QUE A GENTE NUM QUER. E EU NUM QUERIA IR EMBORA
MAIS TENHO QUE IR PORQUE NUNCA QUE VOU FAZE NADA
PRA TE MAXUCA NEM DEIXAR VOCÊ BRAVO.

O VADÃO VAI SEGURA A ONDA ATÉ CE DECIDI QUEM
FICA NO MEU LUGAR. EU SEI QUE O GRINGO E O ALAN TEM
MAIS TEMPO DE GERENTE MAIS O VADÃO É MEU BRASSO
EU CONFIO NELE E ACHO QUE ELE PODE SUBI QUE VAI
FAZE UM BOM TRBALHO. MAIS CE QUI DECIDI COMO CE ACHA

EU PENSEI BASTANTE E SÓ TOMEI ESSA DECIZÃO PORQUE NUM TINHA OUTRA PRA TOMA. TÔ DEIXANDO AS CONTA CERTA E NUM TÔ LEVANDO BAGULHO COMIGO. INDA NUM SEI PRA ONDE EU VOU NEM QUI QUE EU VO FAZE MAIS NUM ADIANTA ME PROCURA CE NUM VAI ACHAR. NUM VO VOLTA PRA CURVELO NEM VOU PRA SÃO PAULO. VOU SUMIR NESSE MUNDO PORQUE EU PRECIZO PENSA MUITA COISA E PRECIZO FICA LONGE DE TUDO PRA PODE PENSA DIREITO.

NUM FICA ACHANDO QUE EU NUM SO AGRADESSIDO QIU EU SO SIM E É PORISSO QUE EU VOU EMBORA PORQUE EU AGRADESSO MUITO TUDO QUI SE FEZ PRA MIM. UM DIA A GENTE VAI SE ENCONTRA E EU VOU EXPLICA MELHOR E CE VAI VE QUI EU TOMEI A DECIZÃO CERTA. CE ME DISSE QUE A CABEÇA É QUI MANDA E EU NUNCA ISQUECI DISSO E EU NUNCA ISQUECI NADA QUI CE MI ENSINO. TAMBÉM NUM VO ISQUECE DE VOCÊ ZELS E NUM QUERIA QUI CE ESQUECECE DE MIM PORQUE EU SÓ QUERO TUDO DE MELHOR PRA VOCÊ E PRA SUA FAMILIA. EU SEI QUI CE SEMPRE ME CUIDO QUE NEM FILHO E EU MI SINTO QUI NEM SEU FILHO MESMO. VOU REZA SEMPRE PRA DEUS TE PROTEGE SI BEM QUI NUM SEI SI ADIANTA PORQUE NUM ACHO QUE DEUS NUM GOSTA MUITO DE MIM MAS CE É UMA PESSOA BOA E ELE VAI OLHA POR VOCÊ. ME PERDOA.

    CHICO

...

Fissura

O tempo em Belo Horizonte havia sido de completa distância da família. Por quase cinco anos, não enviou nem procurou ter notícias. Não soube da ida de Kelly para o Rio, do acidente que tirou a perna de Dito, nem da morte de Manuel. Nas poucas vezes em que se pegava pensando no tio, em Rosália, ou mesmo em Rosa, rapidamente escondia de si mesmo as lembranças, transformando em raiva qualquer lampejo de afeto.

Sua tentativa de se livrar da própria história lacerou as relações familiares, trazendo à tona mágoas e desconfianças. Para Rosália, era Manuel o responsável pelo afastamento do sobrinho; Manuel, por sua vez, continuou silenciosamente julgando a cunhada; e Rosa, sem conseguir entender o sumiço do filho, se viu jogada em um limbo de culpa, angústia, expectativa e medo. Diversas vezes voltou à cidade natal para, com uma foto de Chico na mão, percorrer rodoviária, delegacia, casas e hospitais. Visitou fazendas, conversou com estranhos, fez promessa. Mas não conseguiu olhar nos olhos da irmã por um instante sequer.

*

Quando o telefone tocou na noite daquela quarta-feira, o calendário pendurado na cozinha mostrava o mês de dezembro e, acima de cada um dos dias, um número em grafia manual e hesitante: 2088, 2089, 2090, 2091, 2092, 2093, 2094, 2095, 2096, 2097, 2098, 2099, 2100, 2101, 2102, 2103, 2104. 2105. Cinco anos, nove meses e três dias sem notícias do filho.

– Alô?
– Rosa?
– Sou eu.
– Aqui é o Chico.

Construção

– Como não contou, Rosa?

– Não contou e eu não vou perguntar.

– Não vai perguntar? Tá doida? É teu filho, cê tem que perguntar! Fica quase seis anos sumido, não dá uma notícia, um telefonema pra saber se a gente tá vivo ou tá morto, aí chega assim do nada e nem toca no assunto? Se cê não quer perguntar, pergunto eu. Bota ele aí no telefone que eu falo tudo que ele precisa ouvir.

– Ele nem tá aqui agora, Zália, saiu pra rua, só volta mais tarde. E cê não vai falar nada com ele não. O que passou, passou, graças a Deus ele tá bem e tá aqui comigo. Tanto que eu pedi essa graça, meu Chico vivo, com saúde, e ainda aqui junto de mim, Senhor! Isso que importa.

– Cê é muito mole, isso sim. Onde já se viu um desaforo desse? A gente cria os filhos pro mundo, mas não é pra dá as costas pra gente não.

– Ele não deu as costas pra ninguém, Rosália, não fala desse jeito. Coitado, é homem, quer fazer o caminho dele, tem nada de errado.

– E desde quando precisa abandonar a família pra fazer o caminho dele, me diz? Cê mesmo, quando foi aí pra São Paulo com teu marido, que Deus o tenha!, cê esqueceu do pai, da mãe? Podia não mandar notícia toda hora, naquele tempo tinha mais dificuldade, mas cê nunca passou um Natal sem ligar pra gente que eu lembro muito bem.

– Ai, Rosália, cê tá é brava porque ele veio me ver e não foi aí ver você, né?

– Que brava, tô é feliz que acabou teu sofrimento. E tô com meu coração aliviado também, ora, claro que tô. Chico é um pouco meu filho, né?, tanto tempo olhando, cuidando...

– Cê sabe que eu sou agradecida.

– Não tem que agradecer, tem é que ter pulso com ele. Não é porque é homem feito que não vai respeitar família, não vai dar satisfação. Inda mais morando com você.

– Ele não vai morar comigo.

– Uai, mas não tá aí?

– Tá, mas é só uns dias. Veio pro Natal, dia primeiro ele vai embora.

– Embora pra onde?

– Pra casa dele.

– E onde ele mora?

– Não sei direito, só sei que não é em São Paulo.

– Ai, Rosa, não acredito no que eu tô ouvindo!

– Zália, cê sabe como é o Chico... não gosta muito de falar, tem lá as coisas dele. Eu não vou ficar atazanando. Depois eu pergunto, devagar, com jeitinho. Tantos anos pra ter ele por perto, não vou estragar tudo agora.

– Estragar o quê, criatura? Saber onde o filho mora é estragar alguma coisa?

– E cê lá sabe onde a Kelly mora?

– Uma coisa não tem nada a ver com a outra. Kelly vive viajando por causa do trabalho, uma hora tá aqui, outra tá ali, é bem diferente.

– Hã-hã... Tá bom, Zália, deixa pra lá. Só sei que Chico tirou esses dias de folga e tem que voltar pro serviço.

– Que serviço?

– Tá trabalhando com obra. Que nem o pai dele.

– Bom, se é pra puxar alguma coisa do pai, melhor puxar isso mesmo. Deus te livre de outro manguaceiro na tua vida.

– Vira essa boca pra lá, Rosália! Até parece... Alguma vez Chico te deu trabalho com bebida? E cê não confia no que cê mesmo ensinou pra ele, não?

– Confio porque meus meninos tão tudo no bom caminho, mas cada um aprende do seu jeito, né?

– Tá querendo me dizer alguma coisa?

– Num tô querendo dizer nada, é modo de falar. Só acho que cê tem que ficar de olho. Ele ficou muito tempo longe da gente, vai saber o que andou fazendo, com quem se meteu. E esse negócio de bebida, sei lá, o avô, o pai...

– Agradeço o conselho.

– Ai, Rosa, não fica zangada! Tô falando pro teu bem. Eu que sei o que eu pelejo aqui com esse monte de homem dentro de casa...

– Ué, mas cê num disse que tão tudo no bom caminho?

– Com a graça de Deus!

– Então pronto, tá tudo certo. Vou desligar que tenho que esquentar minha janta.

– Tá bom, mas vai dando notícia.

– Eu dou, pode deixar. Manda um beijo aí. E avisa pra Linda que eu liguei, tá?

– Vou avisar é todo mundo. Fica com Deus.

– Amém, cê também.

*

Bom caminho. Sei.

Sem volta

– Qual é o próximo ônibus?
– Pra onde?
– Tanto faz. O primeiro que tiver saindo.
– Ai, moço, depende... agora oito e meia tem Betim, tem Divinópolis, oito e quinze sai Uberlândia, Ouro Preto, Barbacena, às nove sai Curvelo... mas se for pra outro estado é ali em frente. Aqui só vende pra Minas mesmo.
– Qual fica mais distante?
– Qual o quê?
– Dessas que cê falou, qual é mais longe?
– Não sei, acho que Uberlândia. Sai oito e quinze e só vai chegar um pouco antes das cinco.
– Dá uma passagem pra lá então.
– Ida e volta?
– Não, só ida.

. . .

Por um fio

A primeira visita a Rosa tinha ocorrido pouco mais de um ano depois de abandonar Belo Horizonte, ainda no início de sua vida errante. E a essa seguiram-se outras, sempre esparsas e inesperadas. Vinha, falava pouco, comia muito, dormia no sofá. Às vezes pernoitava dois dias, às vezes dez.

Rosa logo percebeu que deveria medir as palavras – bastava uma fora de lugar para que Chico saísse batendo a porta. Procurava não fazer perguntas, em especial se a alguma já havia recebido a mudez como resposta. Também evitava comentários sobre Curvelo, tios ou primos, e se derretia em atenções: cê gosta de torresmo? vou te fazer um bolo de fubá! fica com esse dinheirinho, vai que precisa de alguma coisa...

Seguiram assim por quase duas décadas – ele, oscilando entre o silêncio ressentido e o desejo inconfesso de se deixar amar; ela, entre a preocupação latente e a alegria infantil. Ambos tentando se equilibrar sobre os fios soltos de uma trama esgarçada, na verdade, antes mesmo de ter sido urdida.

Na carreira

Uberlândia, Goiânia, Campo Grande, Aquidauana, Dourados, Foz do Iguaçu, Londrina, Rio de Janeiro, Santos. Em quinze anos, nove cidades, algumas brigas, poucas mulheres e nenhum amigo. Foi lavador de carros, servente de obra, limpador de janelas, faxineiro de hotel, peão. Na fronteira, carregador e olheiro; no Rio e em Santos, arrumador de carga. A redução dos ganhos e a instabilidade emocional acabaram por corroer o dinheiro tão economizado, e vez ou outra, por um troco a mais, fazia avião, cobrava dívidas ou escondia mercadorias. Aprendeu a beber e jogar, aguçou sua malícia, aprimorou as fugas e endureceu seus músculos – inclusive o coração.

Foi então que se mudou para São Paulo. E Rosa viu tornar-se pó seu sonho mais sonhado – Chico não iria morar com ela.

– Mas por que não? Agora que graças a Deus eu consegui essa casa, tem uma cama só pra você...

– Nem vem, que cê num me perguntou nada e eu também num pedi.

– Eu sei que cê não pediu, Chico, mas tanto tempo que eu tô querendo cê aqui comigo... vai gastar dinheiro com aluguel pra quê?

– Rosa, já falei mil vezes, cê cuida da tua vida que eu cuido da minha. Durmo aqui de vez em quando, mas num vou morar direto, nem com você nem com ninguém. Num quero ninguém no meu pé.

– Imagina que eu vou ficar no teu pé! Saio cedo, chego tarde, cê sabe disso... dia de sábado tô o dia todo na igreja. E cê também, não vai ter teu serviço? É de dia ou de noite?

— Tô falando... olha aí, já tá no meu pé. Não interessa meu trampo. Eu num devia era ter aberto a boca, isso sim, agora cê vai ficar me enchendo de pergunta.

— Não vou te encher de pergunta, filho, desculpa. A vida é tua, não quero me meter. E eu sei, cê é homem, precisa das tuas liberdades... Mas promete pensar com calma depois? Olha só, cê economiza teu dinheiro, não vai ter que se preocupar com comida... e o resto a gente ajeita, eu posso dormir na Odete de vez em quando, ela não vai se importar...

— Preciso é de ajuda com a mudança.

— Ah, eu te ajudo, quanto cê precisa?

— Quanto cê tem aí?

— Não tenho muito... fim de mês, né? Mas posso pedir um vale pra dona Helena. Tua firma não paga a despesa?

— Uns quinhentos, cê consegue?

— Amanhã eu falo com ela, pode deixar. Cê já achou um lugar? A gente pode ver aqui no bairro, o Jaci tem aqueles quartos de aluguel em cima do bar. E tem a dona Cidinha, posso falar com ela... o filho casou não tem dois meses, foi morar no terreno do sogro ali do outro lado da avenida, quem sabe ela não quer alug...

— Não se mete, Rosa, assunto meu. E vou vim morar em São Paulo, num quer dizer vou vim morar perto de você.

— Ah... o teu serviço fica longe daqui?

— Tô saindo. Amanhã à noite passo pra pegar a grana.

...

Abandono

Foi em um terreno baldio, atrás do cemitério municipal, que por anos Chico escondeu seu dinheiro. O pagamento que recebia de Deuzeles às sextas-feiras era cuidadosamente guardado dentro do caderno escolar até a noite da segunda, quando as ruas do centro de Curvelo ficavam quase vazias. Chegava com o sol já posto, pulava o muro e andava por entre o mato alto até o tambor enferrujado dentro do qual mantinha, junto com o entulho, uma pequena pá, um sacho e um rastelo. Vinte passos à esquerda, em meio a cactos, pedaços de madeira apodrecida e arbustos de arnica, cavava seu buraco até encontrar a marmita de alumínio que lhe servia de cofre. Vez ou outra, arrancava folhas da planta curativa para entregar depois a Manuel.

– Pro vô.
– Obrigado.

Deixou a família no final de março, poucos dias após seu aniversário. E embora já tivesse anunciado a decisão, não contou a ninguém dia ou hora da partida. Saiu da casa de Rosália em silêncio no começo da madrugada, mochila nas costas, caminhou até seu endereço secreto, transpôs o muro, atravessou desenvolto o matagal que conhecia tão bem, resgatou suas economias e seguiu para a rodoviária, a poucos metros dali. Nunca mais voltou.

Também nunca voltou a Belo Horizonte, sua segunda morada. Nem a Uberlândia, nem a Goiânia, nem a qualquer das cidades em que viveu. Sabia que, se quisesse ir em frente, não poderia jamais olhar para trás.

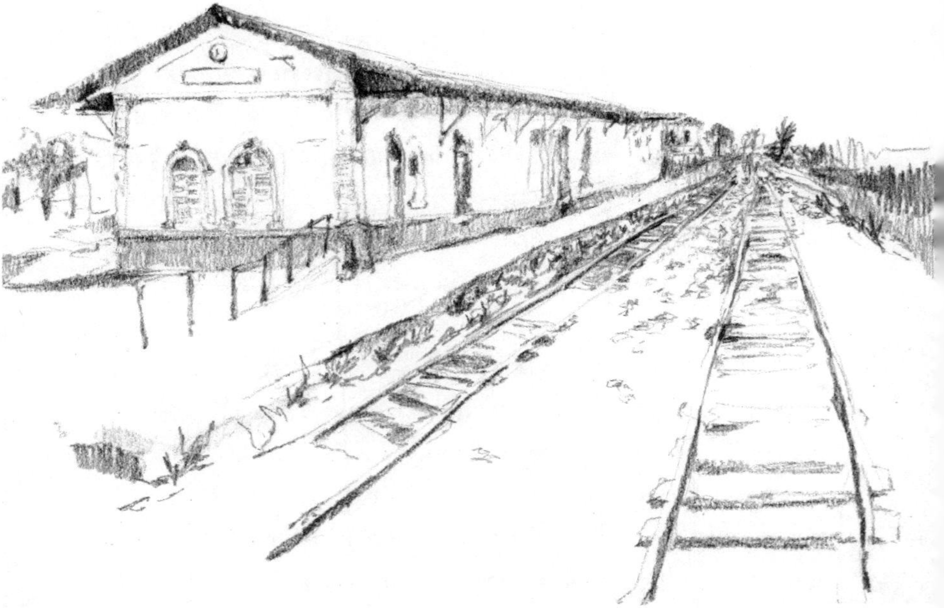

Breu

Rosália era a primeira a acordar na casa, antes mesmo do amanhecer. Colocava no forno a massa de pão preparada na véspera, pegava alguns ovos no quintal, coava o café, chamava os filhos. Naquele dia, ao notar a ausência de Chico e de algumas das coisas do sobrinho, logo deduziu o que havia acontecido. Tentou falar com Rosa, mas ninguém atendeu ao telefone. Sem o número de dona Clara, a nova patroa da irmã, só à noite poderia transmitir a notícia.

Resolveu que iria até a casa de Manuel e, mais por afirmação do que por receio, pediu que Rosalinda a acompanhasse. Chegaram ao final da manhã. Rosália chamou pela única janela aberta, de onde saíam vapores com um forte cheiro de galinha:

– Licença?

O rosto vincado de Manuel emergiu do interior escuro do cômodo:

– Cês aqui? Que que aconteceu?

– Bom dia, Manuel.

– Bom dia. E o Chico? Cadê ele?

– Bom, se não vai abrir a porta, a gente fala daqui mesmo. Chico foi embora, do jeito que tinha avisado. Acho que saiu tarde da noite, porque ninguém viu, não deixou bilhete nem nada. Inda não consegui falar com Rosa, mas achei que cê já devia ficar ciente. Quando a gente souber mais coisa, mando avisar. Lembrança pro seu pai, até mais.

No dia seguinte, e no seguinte ao seguinte, e durante todo mês de abril, Manuel fez visitas diárias à Rosália – uma logo pela manhã, outra ao final da tarde. Mal se falavam. Quando ele chegava, ela ora estava na roça, ora no tanque, ora na cozinha. Ele perguntava com os olhos, ela respondia com palavras: nada ainda. Ele dava as costas e ia embora.

Com o tempo, as visitas foram ficando menos regulares. A cada dois ou três dias, depois a cada semana. A resposta de Rosália não mudava, mas a figura de Manuel foi se transformando: cada vez mais magro, a barba mais longa, os olhos rancorosos mais e mais fundos.

Passados alguns meses, o avô de Chico morreu. Rosália convocou o marido e todos os irmãos para o enterro: questão de respeito. Foram os únicos conhecidos a levar seus pêsames, além do padre e de dois roceiros. Reginaldo e Rosário, que não viam Manuel há tempos, se assustaram com aquela figura soturna e encurvada que, parecendo ausente, trajava um estranho paletó xadrez.

*

Mesmo esparsas, as idas de Manuel à casa de Rosália continuaram. Ao olhar inquisidor, sucederam passos bêbados; às palavras secas, pratos de comida. Por vezes sequer havia o encontro – como se intuísse a proximidade da visita, Rosália preparava um farnel e deixava sobre o parapeito externo da janela da cozinha. No dia seguinte, a marmita estava vazia.

O homem do paletó xadrez passou a integrar o cenário da cidade. Frágil, sujo e sempre cambaleante, era visto na Praça da Estação, nas escadas da Basílica, na frente de botequins, nos bancos da rodoviária. Às vezes conseguia voltar à própria casa, onde passava dias recluso. E então ressurgia na paisagem urbana.

Três anos depois, Manuel foi encontrado sem vida, caído com uma garrafa vazia na mão, junto ao muro da escola municipal onde o sobrinho havia estudado quando pequeno – a poucos metros daquele terreno baldio, ainda repleto de mato, entulho e arbustos de arnica.

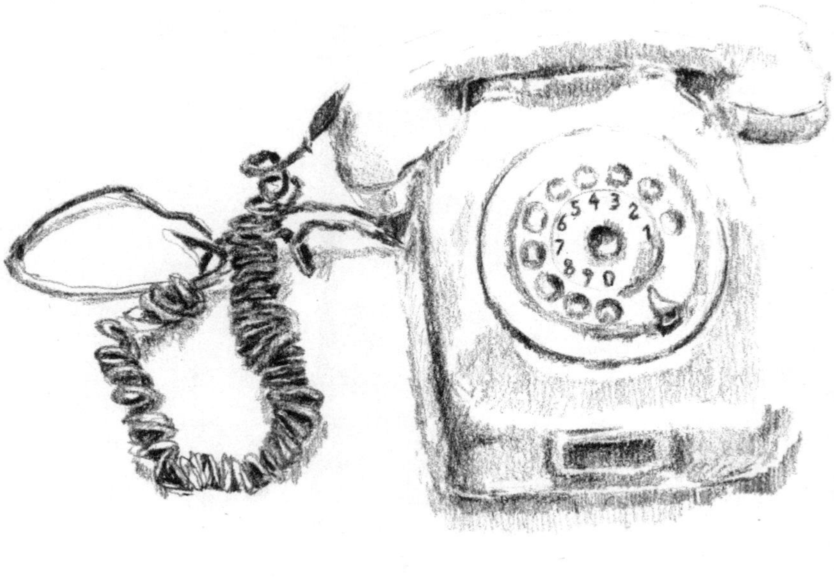

Essas mães

– Entendeu direitinho, Rosa?
– Entendi sim senhora.
– Pode ir amanhã mesmo, procura a Telma, secretária do seu Maurício. Ela já está com as contas feitas, seu dinheiro, os recibos, vai explicar tudo que você está recebendo – aviso prévio, férias... e a gente tá te dando uma gratificação, viu? Um dinheirinho a mais, para te ajudar até você arrumar outra casa.
– Obrigada, dona Helena.
– Que é isso, Rosa, é de coração! Cinco anos com a gente, né? Se fosse por mim, você nem ia embora, você sabe... Mas a situação não está fácil, a gente está precisando cortar umas despesas. E agora que os meninos quase não ficam aqui, Maurício acha que uma funcionária todos os dias é muito luxo, uma pena.
– E como a senhora vai fazer?
– Ah, ainda não sei... Acho que vou pegar uma faxineira, uns dois dias por semana.
– Se a senhora quiser, posso ficar fazendo a faxina.
– Imagine, Rosa, de jeito nenhum! Você precisa ter seu emprego, carteira assinada... falta pouco para se aposentar, não falta?
– Não sei direito, preciso ver isso de novo.
– Aproveita amanhã e conversa com a Telma. Ela pode te ajudar.
– Ah, obrigada, vou falar com ela. Mas, de verdade, dona Helena, se a senhora quiser, eu fico fazendo faxina até achar outra casa por mês. Assim a senhora não fica sem ninguém.
– Não precisa mesmo, Rosa, obrigada. Eu vou aproveitar e

tirar uns dias, vou pra praia, na casa da Helô... aí, quando eu voltar, penso com calma e decido o que fazer.

– Se a senhora mudar de ideia, é só ligar, viu?

– Pode deixar, se eu precisar, eu telefono. Ah, e antes que eu esqueça: tem alguma coisa sua aqui em casa, alguma roupa...?

– Não senhora. Acho que só aquela bolsinha cor-de-rosa que eu deixo no meu banheirinho, sabe? Em cima da pia. Com meu desodorante, minha escova... E tem uma toalha pendurada também, que às vezes tomo banho antes de sair. Mas já tá velha, se a senhora quiser pode até colocar de pano de chão.

– Vou pedir pro Maurício levar seu nécessaire amanhã, então. Você não vai chegar lá antes das dez, né?

– Chego na hora que a senhora quiser.

– Então chegue umas onze que com certeza Maurício já está lá e já deixou o nécessaire com a Telma.

– Tá bom.

– Você tem o endereço?

– É o mesmo que eu fui no ano passado? Que ajudei na faxina, depois da reforma?

– Nossa, tinha até esquecido! É lá mesmo.

– Então eu sei.

– Ótimo. E não esquece de levar a carteira de trabalho, tá? A Telma também vai te dar uma carta de recomedanção... mas se alguma patroa quiser ter mais referências, saber mais sobre você, pode passar meu celular que eu converso com prazer.

– Deus abençoe, dona Helena, muito obrigada.

– Eu que agradeço, Rosa, por tudo. Boa sorte para você, fique bem.

– Obrigada, a senhora também.
– Boa noite.
– Boa noite.

Desligou o telefone e ficou inerte por alguns instantes, o olhar no vazio. Foi até a cozinha, pegou um copo d'água, puxou a cadeira, sentou. Ai, meu Santo Antônio, justo agora? Toca começar tudo de novo!

...

Acho que não vou nem contar pro Chico, ele já anda tão irritado...

...

Não vou contar é pra ninguém. Pra Odete só, que ela pode me ajudar a arrumar alguma coisa.

...

Devia era ter perguntado pra dona Helena se ela não tem nenhuma amiga precisando, mas na hora nem tive ideia. Se bem que sei lá se ela ia ajudar, 'a situação não tá fácil'... Não tá fácil mas tá indo pra praia, né, padrinho? Esse povo não sabe o que é dificuldade, isso sim. Tudo farinha do mesmo saco.

Abriu a geladeira, tirou o pote plástico com o risoto de funghi feito sexta-feira na casa da patroa, esquentou no microondas. Com seu jantar e uma colher, voltou à sala, ligou a TV e se aconchegou no sofá. O Fantástico iria mostrar a história do jovem carioca que atirou nos colegas de escola e depois se matou. Deus me livre, coitadas dessas mães! Que coisa mais triste!

Deuzeles

– Mas cê num tinha aposentado?

– Aposentei, Marlene, mas isso não tem nada a ver, é outro assunto.

– Que assunto, Zeles? Sossega, vai correr atrás de que agora?

– Num tô correndo atrás de nada, mulher, é coisa pouca. Meu amigo, que eu trabalhava com os carros... tá atrapalhado, pediu ajuda, não vou negar.

– Uai, e o moço que ele tinha colocado no teu lugar?

– Aquele moço morreu.

Capital

Tivessem nascido de um propósito, de um impulso ou do aperto, seus deslocamentos sempre carregavam a angústia na bagagem. Se por um lado uma nova cidade criava oportunidades e lhe devolvia o anonimato, por outro trazia estranheza e insegurança, renovando sua solidão. O olhar alerta, as poucas palavras e a aparência comum haviam se provado grandes aliados, pois possibilitavam a Chico identificar rapidamente territórios inóspitos, pessoas confiáveis e poderes estabelecidos. Até no Rio de Janeiro, cidade de personagens dúbios e fronteiras enganosas, antes mesmo de chegar já sabia quais caminhos não percorrer.

São Paulo era diferente. Mesmo depois dos quase quinze anos de visitas ocasionais, ainda não havia conseguido se relacionar com lugares ou pessoas. Não decodificava os espaços, os hábitos, as gírias. E como também não queria estreitar os vínculos com Rosa, jamais havia considerado a cidade como alternativa. Foi um episódio alheio que acabou desenhando seu destino: o sumiço de um colega de trabalho no porto de Santos.

Chico sabia que alguns arrumadores complementavam a renda fazendo transporte de cargas desviadas, mas nunca tinha conseguido se aproximar do grupo. O fato de ter vindo do Rio não parecia favorável – era visto com desconfiança pelos mais velhos, e com receio pelos mais jovens, que fantasiavam para ele um passado criminoso e violento. Como ao jogo pesado do tráfico, do qual havia se distanciado nos tempos de Foz do Iguaçu, não queria voltar, a opção foi manter-se isento. Seus ganhos ficariam limitados, seus riscos também.

Até que um dia seu superior o chamou para uns tragos depois do expediente – sem possibilidade de recusa.

– E aí, Chico, tem visto o Bira?

– Faz tempo. Ele não pediu as contas?

– Não tô falando no trampo. Nas quebradas aí...

– A gente nunca trocou muita ideia, só cruzava na equipe. Por quê?

– Tá sumido. Vinte dias já, ninguém sabe dele.

– E a família?

– Que família? É outro largado, tem porra nenhuma.

–

– Tava me devendo umas.

– Grana?

– Fosse grana, já tinha achado ele nem que fosse no cu do mundo.

–

– Fazia uns bicos pra mim. Tava com um acertado pra daqui dois dias, tudo no esquema, cliente bom... o filho da puta me deixou na roubada. Tô sem ninguém pra botar no lugar dele.

–

– Não vai falar nada?

– Tô achando que cê me chamou aqui pra eu escutar, não pra falar. Manda aí. Tô à disposição.

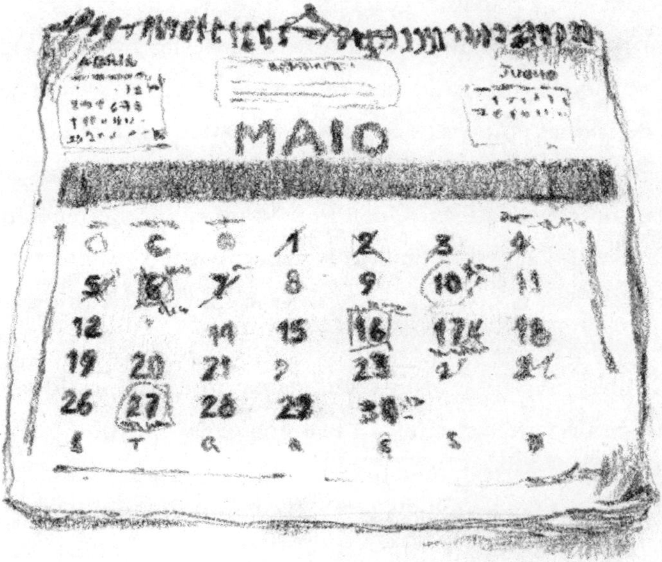
MAIO

Na ladeira

Sua carteira de trabalho nunca mais recebeu um registro. A idade, o andar manco e a instrução precária passaram a pesar mais que os quarenta e quatro anos de experiência – dos quais conseguia comprovar apenas vinte e três.

Começou a trabalhar como diarista e, para não frustrar Chico nem preocupar a família, manteve segredo da situação. Apenas Odete sabia das dificuldades de Rosa, que oscilava entre períodos de faxinas cotidianas e outros, de serviços esporádicos – não apenas em limpeza, mas também como costureira, cozinheira ou babá, sempre folguista. Quando conseguia alguma encomenda para festas, dedicava o final de semana a pastéis, coxinhas, bolos e brigadeiros. E nos dias úteis, mesmo que não tivesse trabalho algum, saía cedo e voltava à noitinha – preferia vagar pela cidade a correr o risco de ser surpreendida pelo filho dentro de casa (e desse modo também evitava a falação dos vizinhos).

Era uma quarta-feira e tinha combinado ir ao restaurante por quilo onde Odete trabalhava – a amiga queria apresentá-la ao patrão e recomendá-la em caso de falta, folga ou férias dos outros funcionários da cozinha. Tanto tempo não venho pra esses lados... Antigamente o metrô não era cheio assim, Deus me livre! Começou a descida da Ladeira Porto Geral, ao sair da estação São Bento, lembrando do tempo em que visitava aquelas lojas com dona Marta. Em épocas de Carnaval, a patroa sempre ia lá comprar confete, serpentina e bisnaga de água pros meninos, e Rosa ia junto. Achava lindo aquilo tudo, perucas, fantasias, muito brilho e gente feliz. E depois que voltava, brincava na rua com toda molecada, colares com flores coloridas de plástico no pescoço, esguichando água nas crianças.

Mas desta vez não conseguiu se deter nas vitrines de que tanto gostava, nem cantarolar mentalmente as canções de Carnaval. Insegura, concentrou-se nos próprios movimentos, o passo coxo em dissonância com a afobação daqueles milhares de pedestres. Quando chegou à Vinte e Cinco de Março, a ansiedade já havia lhe tirado o ar. Seguiu ainda por alguns minutos, tentando acompanhar o ritmo da multidão, mas o crescente desconforto acabou fazendo com que dobrasse uma esquina qualquer para se distanciar do fluxo. Sem tanta gente ao redor, foi aos poucos recuperando o fôlego e a calma até retomar sua cadência natural. Começou então a observar o entorno desconhecido, buscando uma rua paralela por onde pudesse seguir seu rumo.

Poucos metros adiante, um homem parado na calçada oposta chamou sua atenção. Ela o via apenas de perfil – mãos nos bolsos de trás da calça jeans, jaqueta cinza, boné e tênis. Estava acompanhado de outros dois, mais altos e posicionados de frente para a rua, que vestiam roupas pretas – calças, gravata e paletó –, óculos escuros, e falavam e gesticulavam muito. Rosa colocou-se junto à entrada de uma loja de armarinhos, de onde podia observar a cena sem se sentir exposta, e franziu os olhos, tentando capturar detalhes. Logo dois rapazes bem mais jovens, empurrando carrinhos repletos de caixas, se aproximaram do grupo, e todos começaram a se movimentar, transportando os volumes pelo corredor lateral de um galpão fechado. Então ela teve certeza: o rapaz de boné era mesmo Chico.

...

Zebedeu

Bronze falso, muamba zoada, cliente ganso, truta rato, esculacho, pendenga com patrão, capim curto, lance cabuloso, cabrito emprestado, bate pau, casinha, toco, rolê de mocó, brinquedo na cinta, parça lóki, bala pra se ligar, erva pra relaxar, chapéu de boneco, xis nove no pé.

Merda de cidade.

...

Ajudinha

Naquela quarta-feira, com a certeza de que Chico tinha sido colocado em seu caminho pelas mãos de Deus, Rosa decidiu alterar seus planos – permaneceria ali à espreita até que filho deixasse o galpão. Depois explico pra Odete, ela vai entender. A espera durou quase duas horas. Quando Chico saiu, a pé e sozinho, ela foi atrás, carregando seu cansaço. Mas em poucos minutos ele já entrava em um táxi do ponto em frente ao Mercado Municipal. Com o carro se afastando, Rosa teve tempo apenas de fixar o bigode do motorista e os números finais da placa.

Em casa, a noite foi de calores, insônia e muita oração.

Voltou à rua da Cantareira no dia seguinte, em busca do taxista. Durante o trajeto, ensaiou sua fala: mãe, dificuldades, ajuda, segredo. Quinze minutos de conversa, duzentos reais, o homem cedeu – levou-a então ao número 51 de uma pequena rua no Pari.

Quebra-cabeça

Chegou em casa perto das oito da noite, as pernas inchadas, o pé doendo, a cabeça rodando. Não sabia o que pensar. Também não sei direito que que eu tô fazendo, padrinho. Cê acha que é certo, seguir um filho assim? Tô tão aflita...

Foi até o banheiro, lavou as mãos, o rosto, e começou a tirar os grampos que prendiam seu cabelo em coque. Com os olhos mergulhados na própria imagem refletida no espelho, tentava juntar peças: o galpão perto da Vinte e Cinco; caixas, furgões, homens, mochilas; o sobradinho azul ao lado da Avenida do Estado, com a garagem do térreo totalmente fechada.

*

Estava junto ao fogão quando ouviu a chave girar na porta.

– Chico?

– Tá de pé?

– Tava sem sono, vim esquentar um leite. Tudo bem com você, meu filho?

– Vim ficar uns dias. E amanhã não tenho hora.

– Ah, que bom, aproveita pra descansar. Quer um leite também? Ajuda dormir.

– Não.

– Amanhã eu saio cedinho, tá?

– Tô sabendo.

– E acho que vou chegar mais tarde. Dona Helena vai ter visita, pediu pra eu ajudar.

– Hum-hum.
– Cê fica até domigo?
– Num sei.
– Fica sim, Chico. Domingo vou fazer um tutuzinho, faz tempo que prometi pra Odete, e cê gosta tanto...
– Pode ser.
– Então tá combinado! Vai deitar, filho, vai... dorme bem. Deus abençoe.

Meu Santo Antônio, pelo amor de Deus, clareia minhas ideias e guia meus passos. Eu não gosto de mentir. E também não quero julgar ninguém, nem fazer o que não é certo, mas não posso ficar de braço cruzado. Eu tenho dentro de mim, muito forte, dentro da minha cabeça e do meu coração, que Chico tá precisando de ajuda. Não sei que que é, mas tenho certeza que tem coisa acontecendo, e não é coisa boa. Me ajuda a descobrir, por favor! Se o senhor não me ajudar, como é que eu vou ajudar meu filho?

Levantou no horário habitual, tomou seu café com calma, quieta como sempre, preferiu não ligar o rádio – não queria acordar Chico, nem se distrair dos próprios pensamentos. Arrumou-se, pegou sua bolsa e voltou à cozinha para pedir a benção ao santo. Me ilumina, padrinho!

Na ponta dos pés, aproximou-se das roupas do filho, jogadas sobre uma cadeira junto à porta do quarto. Do bolso da jaqueta cinza, tirou com todo cuidado um pequeno molho de chaves, que agarrou com tanta força até quase machucar a palma de sua mão. Saiu da casa em silêncio. Voltou uma hora depois, ainda prudente e calada, e colocou as chaves de volta. Foi embora.

Chaveiro Buriti. Ai, que saudade da minha mãe!

...

Jogo armado

Se antes era cismado, agora tinha certeza de que não podia confiar em ninguém. Amargava raiva e vergonha das experiências vividas com patrões, clientes, amantes e parceiros: das caixas carregadas com pedras às garrafas de uísque cheias de chá, das mulheres olheiras aos moleques caguetes. Relutava em aceitar sua inabilidade em transitar por redes complexas e profissionais sem a presença de um tutor. *Dono de loja, camelô, muambeiro, puta, cliente, trombada, meganha, tudo traíra.*

Dia e noite, sentia-se vigiado. Começou a alternar rotas, mudar com frequência de endereço, de comparsas, de chefes e mercadorias. O revólver, que até então poucas vezes levava consigo, agora vivia na cintura ou embaixo do travesseiro. Andava pelas ruas olhando em todas as direções, conferindo cada rosto, cada movimento. Pensava no assassinato do cara da Santa Ifigênia, para quem certa vez havia levado algumas caixas – *china filho da puta, já tinha passado com o carro por cima, precisava dar tiro?* Tentava relembrar as cenas da embrulhada da Pagé, assim como os dias anteriores ao sumiço do colega do porto, tentando identificar pistas que decifrassem a verdade de cada episódio.

Hora de vazar.

Desta vez teria que planejar sua partida com calma – zerar dívidas, apaziguar desavenças, garantir acordos. Se ficasse alguma pendência, seria encontrado, tinha certeza. Era preciso que acreditassem que deixava São Paulo não por desejo, mas por necessidade – qualquer coisa que atestasse obrigação. *Mãe. É a única coisa que mano respeita.*

Com seu jeito discreto, começou vez ou outra a pontuar suas falas com pequenos comentários. Filho único. Pai desconhecido, mãe doente. Padrasto morto. Pirapora, Minas. Saudades, remédio, hospital.

– Vou ter que ir pra lá.

– Quando?

– Num decidi ainda, mas vai ser logo.

– Vai demorar?

– Num sei, tenho que ficar até o fim, né? Ela que me criou, só tem eu, tenho obrigação.

– Cê não tem irmão?

– Tinha quatro. Caiu tudo no mundo, nem sei se tão vivo ou morto. Ninguém nunca voltou.

– Nem você?

– Eu ia sempre, agora faz tempo. Mas tô direto mandando dinheiro.

– Quem te avisou?

– A vizinha, comadre do meu padrasto que morreu. Fazia a maior cara que eu tava tentando falar em casa e num conseguia. Aí liguei pra ela e ela disse que a mãe tava no hospital.

– Que que ela tem?

– Sei lá, acho que é tipo nó nas tripas... A mulher num falou direito, só disse que num tem volta.

– Tô achando que quem não tem volta é você.

– Quê?

– Cê tá é caindo fora. Vai me banhar.

– Que é isso, Jorjão? Eu, te dar chuveiro?

– Não sou otário, Chico. E já cansei de ver nego tentando fazer a mala sozinho.

– Nada a ver, bróder. A gente pode ter nossas diferenças, mas a gente é truta. Tamo junto na parada.

– Tamo junto o cacete. Cê que tá comigo, na minha parada. Se eu não tivesse te livrado do véio lá do porto, cê tava na merda até hoje.

– Eu sei, Jorjão. E eu nunca pisei na bola.

– Só vou te dar essa boiada por causa disso, Chico, porque cê nunca vacilou. E por causa que eu também tenho mãe, que Deus proteja. Agora, se liga: se tiver armando pra cima de mim, cê vai se fuder, sacou? E se fuder duas vezes: primeiro comigo, que te empacoto assim ó, sem piscar; e depois com o tinhoso, meu chapa, porque é ele que cuida dos mané que não respeita a mãe que tem.

A sete chaves

Não teve coragem de faltar à faxina já marcada. No trabalho, as horas se arrastaram como ela, tensas e silentes. Passou o dia imaginando possibilidades, traçando planos e tentando antecipar as situações que talvez enfrentasse.

Terminou a diária às 17h, tomou ônibus, metrô, desceu na estação Armênia e foi caminhando. Durante seu trajeto, na tentativa de organizar os passos e as ideias, começou a recitar versos de algumas canções, mas não conseguiu concluir nenhuma – se perdia nas letras, não lembrava as melodias, sua voz fraquejava. Seguiu quieta.

Poucas quadras depois, quando virou à direita na viela, o sol que se punha ao longe confundiu seus olhos. Rosa se deteve por alguns instantes e, mesmo com a respiração incerta e a cabeça aturdida, conseguiu sorrir, pensando que aquela beleza alaranjada era uma das coisas que ela mais gostava nessa vida, porque era que nem um farol guiando a gente, mas também que nem um abraço, daqueles bem apertados, que aquece o coração.

Continuou pela calçada oposta à da casinha azul até atingir um local seguro, junto a uma árvore, onde se colocou para observar pela segunda vez aquele entorno. Imóveis à venda, alguns nitidamente vazios; portas de aço, grades protegendo qualquer tipo de abertura; muros pichados. Com a rua deserta encobrindo sua presença, esperou até que noite caísse por completo e as luzes das casas começassem a se acender. No andar de cima do número 51, as duas janelas frontais continuavam escuras. Resolveu arriscar.

Cruzou a rua já segurando as cópias das chaves feitas pela manhã. No térreo, a porta de enrolar continuava baixada e travada com cadeados. Ao lado, uma porta pequena, também metálica e pintada de branco, era sem dúvida o acesso ao pavimento superior. Tentou a primeira das sete chaves que trazia – sem sucesso. Uma segunda, nada. Me ilumina, meu Senhor! Na terceira tentativa, a porta destrancou.

Com passos lentos e medidos, subiu os degraus, o coração pulsando na garganta. No topo da escada, uma outra porta fez tremer suas mãos enquanto de novo testava as diversas chaves. Assim que conseguiu abri-la, tateou a parede buscando um interruptor e acendeu a luz.

Os cheiros chegaram misturados: cigarro, bebida, pizza. À direita, viu sofá, poltrona, almofadas e algumas caixas de papelão. Tênis e meias largados sobre um tapete bege. Na estante encostada na parede, TV, som, garrafas de bebidas, uma miniatura do Cristo Redentor. Ao lado do sofá, no canto próximo à janela, uma mesa baixa apoiava o cinzeiro cheio de bitucas, um copo sujo e uma caneca com os dizeres 'Argentina Paraguai Brasil'. Na entrada da cozinha, uma pilha desordenada de jornais, revistas e um guia com mapas de São Paulo.

Atravessou a sala em direção ao outro cômodo, dentro do qual uma leve cortina branca pendia do teto, separando ambientes: logo na entrada, mais e mais caixas de diferentes tamanhos, e uma balança comercial apoiada sobre um cofre antigo. Atrás da cortina, uma cama encostada na parede, embaixo da janela, um criado-mudo, uma pequena cômoda com três gavetas, e um cabideiro – no qual reconheceu, penduradas, roupas de seu filho.

Rosa sentou-se sobre a colcha de chita colorida. E chorou quarenta anos de choros trancados.

Descoberto

– E aí, belê?
– Fala, véio.
– O cano prateado que te dei pra guardar.
–
– Tô precisando.
– Agora?
– Por quê, tem problema?
– Nenhum.
– Então às nove, no lugar de sempre.
– Falou.

Desligou o celular. *Puta que pariu, ele sabe que eu não ando com esse berro. Aí tem.*

Eram seis da tarde. Chico levantou-se da cama ainda meio chapado, buscou na cozinha algo para comer, virou um litro de Coca-Cola olhando para a capa de crochê que enfeitava o filtro de barro de Rosa. *Caralho, qual é a fita?* Pensou que poderia ser um teste – uma forma de Jorjão confirmar se realmente poderia continuar contando com ele. Ou o contrário: o parceiro teria descoberto a história inventada, sentia-se traído, queria vingança. Talvez já houvesse alguém de tocaia ali mesmo, do lado de fora da casa. *Ou tem verme no esquema – dá uma geral, faz o flagra, pega o dragão. O puto me fode e ainda sai de bacana.*

Foi até a janela da sala e ficou de canto observando o movimento da rua. Tudo normal. Só que Chico não conseguia mais manter a frieza de outros tempos – a percepção de suas limitações e a sensação de vulnerabilidade desorganizavam seus pensamentos.

Tá achando que vai fazer minha cama? Vai não, filho da puta. Quem vai rodar é você. Tomou um banho, vestiu-se, encaixou sua arma na cintura, atrás das costas, colocou jaqueta, boné, tomou uma bala e saiu.

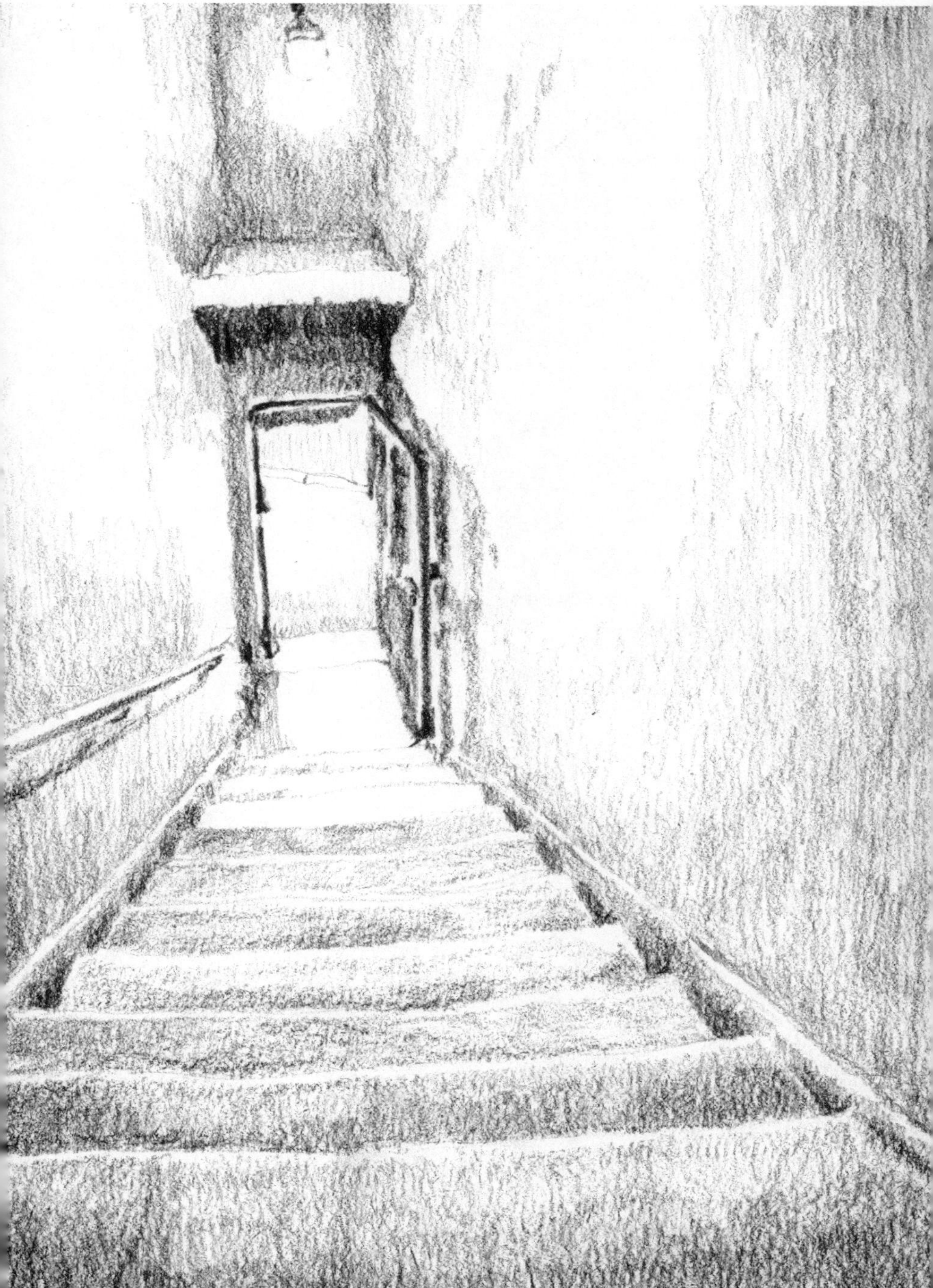

...

Agonia

O tempo que levou no trajeto só fez aumentar seu tormento. Mapeava tudo ao redor, buscando sinais. No ônibus, sentou-se de forma a poder examinar cada passageiro que entrasse. A perna trepidava. No vagão do metrô, em pé ao lado da porta, tinha o olhar inquieto e o corpo pronto para saltar a qualquer momento.

Desceu na estação e foi caminhando pela Avenida do Estado. Assim que virou a esquina da pequena rua, viu uma das luzes de sua casa acesa. Encostou no muro, olhando atento para os lados, tirou o revólver das costas para destravá-lo, encaixou-o de volta, seguiu.

Sem produzir qualquer ruído, colocou a chave na fechadura e girou. Foi subindo os degraus com a arma empunhada, as costas junto à parede, alternando o olhar para cima e para baixo. Na metade da escada avistou a porta superior aberta. Prendeu a respiração, esticou os braços e chegou à sala iluminada já apontando para todas as direções o revólver que segurava com firmeza. Ninguém.

Seguiu até a cozinha escura mantendo a cautela, voltou. Já ofegante, o coração acelerado, as mãos transpirando, atravessou a sala em direção a seu quarto. Traído pela ansiedade e pela penumbra do cômodo, tropeçou em uma das caixas espalhadas ao lado da porta, e o ruído provocado fez emergir um vulto do outro lado da cortina. Num impulso quase involuntário, deu três tiros rápidos. A sombra se desfez, ouviu o baque seco no piso de madeira.

Silêncio.

Atordoado, hesitou ainda por alguns segundos até se aproximar e afastar o tecido branco: MÃE!

Despencou sobre os joelhos, soltando a arma no chão.

Canções incidentais

Deus e eu no sertão, Vítor e Léo, 2002 (pág. 29 e 30)
Pai herói, Fábio Jr., 1979 (pág. 57 e 59)
Foi a primeira vez, Zezé de Camargo e Luciano, 1994 (pág. 98 e 99)

Agradecimentos

Gostaria de expressar meus mais sinceros agradecimentos a todos que contribuíram para a criação e a publicação desta obra. Obrigada aos que me guiaram, aos que caminharam a meu lado, aos que me apoiaram, aos que confiaram e àqueles que, mesmo sem saber, fizeram parte dessa jornada – compartilhando conhecimento, fornecendo informações, ou dividindo crenças, prazeres e afetos.

Agradeço especialmente:

A Áurea Rampazzo, Adília Belotti, Antonio Xerxenesky, Augusto César de Macedo Neto, Bete Jote (*In memoriam*), Beto Furquim, Célia Alves Loscalzo, Daniel de Mesquita Benevides, Elisa Maria de Ulhôa Cintra, Filipe Moreau, Jayme Serva, José Miguel Wisnik, Lourdes Gutierres, Luiz Ruffato, Luiz Sampaio, Paulo Akira Nakazato, Rendrik Franco, Ronaldo Bressane, Sandra Guardini Teixeira Vasconcelos, Soreh Meyer, Sylvia Loeb.

A meus pais, pelos valores que me foram transmitidos.
A minhas filhas, por fazerem de mim, a cada dia, uma pessoa melhor.
A meu companheiro e grande amor, por tudo, sempre e para sempre.

A todas as flores que passaram pela minha vida.

© 2022 Valéria Midena
Todos os direitos desta edição reservados à Laranja Original.

www.laranjaoriginal.com.br

Edição Filipe Moreau
Projeto gráfico Marcelo Girard
Capa Marcelo Girard, sobre desenho de Antônia Perrone
Ilustrações Antônia Perrone
Produção executiva Bruna Lima
Diagramação IMG3

Dados Internacionais de Catalogação na Publicação (CIP)
(Câmara Brasileira do Livro, SP, Brasil)

Midena, Valeria
  Flores invisíveis / Valeria Midena ; ilustrações Antônia Perrone. – 1. ed. – São Paulo, SP : Editora Laranja Original, 2022. – (Coleção rosa manga)

  ISBN 978-65-86042-38-2

  1. Romance brasileiro I. Perrone, Antônia. II. Título. III. Série.

22-109663   CDD-B869.3

Índices para catálogo sistemático:

1. Romances : Literatura brasileira B869.3

Eliete Marques da Silva - Bibliotecária - CRB-8/9380

Laranja Original Editora e Produtora Eireli
Rua Capote Valente, 1.198
05409-003 São Paulo SP
Tel. 11 3062-3040
contato@laranjaoriginal.com.br

FSC
MISTO
Papel
FSC* C027686

Fontes Janson
Papel Pólen Bold 90 g/m²
Impressão Oficina Gráfica
Tiragem 300 exemplares
Maio de 2022